हिन्द पॉकेट बुक्स

मरने से पहले

मुल्कराज आनंद का जन्म 12 दिसम्बर 1905 को पेशावर में हुआ था, जो अब पाकिस्तान में है। भारत में ये महाराष्ट्र में रहे। वे भारत में अंग्रेज़ी साहित्य के क्षेत्र के प्रख्यात लेखक थे। साहित्य जगत में उनका नाम हुआ उनके उपन्यास *अनटचेबल्स* से, जिसमें उन्होंने भारत में अछूत समस्या का बेबाक चित्रण किया। भारत में रचा गया उनका प्रमुख उपन्यास था *द प्राइवेट लाइफ़ ऑफ़ ऐन इंडियन प्रिंस*। मुल्कराज आनंद को साहित्य एवं शिक्षा के क्षेत्र में भारत सरकार द्वारा सन 1967 में पद्म भूषण से सम्मानित किया गया था। 99 वर्ष की आयु में सन 2004 में उनका निधन हुआ।

मरने से पहले

मुल्कराज आनन्द

हिन्द पॉकेट बुक्स
पेंगुइन रैंडम हाउस इम्प्रिंट

हिन्द पॉकेट बुक्स

यूएसए | कैनेडा | यूके | आयरलैंड | ऑस्ट्रेलिया
न्यू ज़ीलैंड | भारत | साउथ अफ्रीका | चीन | सिंगापुर

हिन्द पॉकेट बुक्स, पेंगुइन रैंडम हाउस ग्रुप ऑफ़ कम्पनीज़ का हिस्सा है,
जिसका पता global.penguinrandomhouse.com पर मिलेगा

पेंगुइन रैंडम हाउस इंडिया प्रा. लि.,
चौथी मंजिल, कैपिटल टावर -1, एम जी रोड,
गुड़गांव 122 002, हरियाणा, भारत

पेंगुइन
रैंडम हाउस
इंडिया

प्रथम हिन्दी संस्करण हिन्द पॉकेट बुक्स द्वारा 1960 में प्रकाशित
यह हिन्दी संस्करण हिन्द पॉकेट बुक्स में पेंगुइन रैंडम हाउस द्वारा 2022 में प्रकाशित

10 9 8 7 6 5 4 3 2

ISBN 9789353497019

मुद्रकः रेप्रो इंडिया लिमिटेड

www.penguin.co.in

MIX
Paper from responsible sources
FSC www.fsc.org
FSC® C047271

This is a legitimate digitally printed version of the book and therefore might not have certain extra finishing on the cover.

मरने से पहले

"ओए! क्या हाल है तेरा?" नूर ने टूटी हुई नींद में अपने बाप के ये शब्द सुने। उसे ऐसा लगा जैसे उसके बाप के शब्द बहुत दूर से आ रहे हों। अपनी इच्छा के विरुद्ध उसे आंखें खोलनी पड़ीं। 'चौधरी' का चेहरा खूब भरा हुआ था। लगता था जैसे उसपर चर्बी का एक मोटा-सा गिलाफ चढ़ा हुआ हो। साथ ही उसके चेहरे पर हर समय एक ऐंठन रहती थी। कुल मिलाकर उसका चेहरा बड़ा विशाल, रोबदार और कर्कश था। चौधरी अमीर तैमूर से कम डरावना नहीं लगता था। उस समय के शान्त वातावरण में नूर को चौधरी का आना बहुत बुरा लगा। नूर ने आंखें बन्द कर लीं। उसने चाहा कि वह सो जाए ताकि उसकी आंखों को सुख और चैन मिले। उसके बाप के आने से उसके रोम-रोम में जो भय और आतंक छा गया था वह उससे बचना चाहता था...।

"ओए! मैं पूछ रहा हूं, तेरा क्या हाल है?" चौधरी पांयत की ओर से आगे बढ़ते हुए गुर्राया, और नूर के उत्तर की प्रतीक्षा किए बिना ही उसने तुरन्त दूसरा प्रश्न कर डाला, "रात को तुझे कुछ

आराम मिला या नहीं? मेरा खयाल है, आज खन ता नहीं आया होगा!"

नूर घबरा गया कि उसका बाप अब उसके और समीप आएगा। ज़रा-सी आंखें खोलकर उसने भरी हुई सी आवाज़ में कहा, "कल से अच्छा हूं।" और मानो चौधरी की टकटकी से बचने के लिए उसने एक स्वस्थ व्यक्ति जैसा चेहरा बनाने का प्रयास किया। उसे अच्छी तरह मालूम था कि उससे यही आशा की जाती है।

"अबे सूअर, तू ठीक तरह से जवाब भी नहीं दे सकता है क्या? हर वक्त मुंह क्यों सुजाए रखता है तू?" चौधरी कड़ककर बोला। उसकी हरी-भूरी आंखों से चिंगारियां-सी निकलने लगीं। "तुझे ठीक होने की कोशिश करनी चाहिए। डाक्टर को हर रोज़ फीस दे-देकर मैं अब अपने को बर्बाद नहीं कर सकता।"

नूर ने अब भी शान्तभाव बनाए रखा और कहा, "चौधरीजी! अब तो मैं पहले से अच्छा हूं; बल्कि बहुत अच्छा हूं।"

"अच्छा, तो अब उठ और ज़रा अल्लाह मियां का नाम ले। इससे मन कुछ बीमारी से हटेगा।" चौधरी ने ज़रा नरम पड़ते हुए कहा। वह क्षण-भर के लिए रुका और चारपाई के चारों ओर दृष्टि डालकर फिर बोला, "तेरी दादी नीचे आ ही रही होगी..."

फिर सिर हिलाते हुए और मुंह बनाते हुए चौधरी मुड़ा और बाहर चला गया।

नूर चौधरी को लौटते हुए भी देखना नहीं चाहता था, इसलिए उसने आंखें बन्द कर लीं। चौधरी के लौटने से क्षण-भर पहले उसकी दाढ़ी के बढ़े हुए लम्बे, सफेद बालों पर, जो कांटों की तरह पैने, मोटे और खुरदरे थे, लड़के की निगाह पड़ गई थी और वह उन्हें

देखकर खीझ उठा था। वह अब चौधरी के पांवों की भारी आवाज़ सुन रहा था—चौधरी ज़ीने पर से धम-धम करता हुआ नीचे उतर रहा था। नूर कांप रहा था और उसका बाप उसपर आतंक की जो छाया छोड़ गया था, उसे दूर करने का प्रयास कर रहा था। प्रतिरोध और घृणा की लहरें उसके अलस, उनींदे अंगों को गर्म कर रही थीं। उसने अपने होंठ सिकोड़ लिए। "नहीं, नहीं, मैं ज़िन्दा रहना नहीं चाहता।" उसने बच्चों के से हठपूर्ण आक्रोश में कहा। फिर, मानो अपनी विरोध-भावना को दृढ़ करने के लिए, वह बोला, "काश! मुझे मौत आ जाती!" किन्तु इन शब्दों को मुंह से निकालते ही उसने इस विचार को दबा देना चाहा। उसके बाप के पांवों की आवाज़ अब उसे सुनाई नहीं दे रही थी।

रोग-शय्या के ऊपर मृत्यु की छाया मंडरा रही थी, मृत्यु सफेद कफन में लिपटी हुई थी और उसके चारों ओर भय का जैसे एक कुंडल-सा बना हुआ था।

वह तंद्रा से चौंक पड़ा। उसका शरीर गर्म पसीने से तरबतर हो रहा था। उसने देखा कि उसके बाप के दोमंज़िला, अंधेरे मकान की दूसरी मंज़िल के सामनेवाले छोटे-से कमरे में एक बहुत बड़ी चारपाई पर वह मृत शरीर पड़ा हुआ है : यह स्वयं उसका शरीर था। इस समय उसका शरीर सचमुच एक शव लग रहा था, क्योंकि रात को उसने चादर को अपने चारों ओर कसकर लपेट लिया था; और वह तपेदिक रोग से मर रहा था।

इस विचार से उसके शरीर में घबराहट की एक हल्की-सी झुरझुरी पैदा हुई और उसका शरीर एक बार अंदर से सिहर उठा। वह लेटे-लेटे हिला और अपनी टांगों की स्थिति को बदलने लगा।

फिर जल्दी से बिछौने की चादर को अपने नीचे से खींचकर वह बिस्तर को ठीक करने लगा, मानो डाक्टर के आने के लिए अपने को तैयार कर रहा हो। किन्तु, वास्तव में वह इस तरह भय की वेदना को शान्त कर देना चाह रहा था।

वह बेचैन हो उठा और सोचने लगा, काश! मेरा दिल इस तरह कांपना बन्द कर दे! उसने सोचा, मौत की बात नहीं करनी चाहिए, अन्यथा दादी कहेगी, 'हाय! मैं अपनी जिन्दगी तुझपर कुर्बान कर दूं। ये लोग कैसी मनहूस बातें करते हैं!'

उसने अपना सिर घुमाया, किन्तु वह काल्पनिक शव को अपने दिमाग में से निकाल नहीं सका। वह महाकवि गालिब की एक गज़ल गुनगुनाने लगा। यह गज़ल उसे बड़ी अच्छी लगती थी। उसका भाव नूर की आजकल की स्थिति के अनुरूप भी था :

'कोई उम्मीद बर[1] नहीं आती,
कोई सूरत नज़र नहीं आती।'

गज़ल के एक शे'र के बाद उसने गुनगुनाना बन्द कर दिया। उसे यह विश्वास नहीं हुआ कि वह पूरी गज़ल गा सकेगा। वास्तव में इस अविश्वास का कारण यह था कि वह अपने फेफड़ों के सम्बन्ध में घबरा गया था।

अब फिर उसपर मौत का वहम सवार हो गया...

उसका चेहरा बड़ा सुन्दर था। किन्तु बीमारी के कारण अब उसके गाल पिचक गए थे और आंखें गहरे गड्ढों में धंस गई थीं। लगता था जैसे आंखें बाहर निकलने को हैं। गाल पिचक जाने से

1. पूरी होना

उसकी नाक का निचला हिस्सा कुछ फैला हुआ लग रहा था। इस समय उसका चेहरा लाल हो उठा था। बचपन में उसका चेहरा अंग्रेज़ों की तरह लाल था। किन्तु इस समय उसके चेहरे पर खिले हुए गुलाब की आभा नहीं थी, बल्कि ऐसे गुलाब की फीकी, बेजान ललाई थी जो खिलने से पहले ही मुर्झा गया हो। उसका सारा शरीर बहत ढीला पड़ गया था। शरीर में कहीं कड़ाई थी तो वह या तो रीढ़ की हड्डी में थी या हंसली की हड्डियों और पसलियों में। वह पांच महीनों से निरन्तर चारपाई पर पड़ा हुआ था, इसलिए उसकी रीढ़ की हड्डी में अब बहुत दर्द रहने लगा था। यह दर्द पिछले पांच महीनों में लगातार बढ़ता चला गया था। और चूंकि अब उसके शरीर पर मांस नाममात्र को रह गया था, इसलिए हंसली की हड्डियां और पसलियां ऐसी लगती थीं मानो वे किसी नंगे पेड़ की सूखी जड़ें हों। जब वह सांस लेता था तो पसलियां इस तरह उभरती थीं जैसे अभी टूटनेवाली हों। वह इस समय शान्त था—जैसे उसका सारा शरीर रोग के कीटाणुओं ने जर्जर कर दिया था, अपने आसन्न विनाश से अभिभूत हो चुका हो। उसके साफ माथे पर उसके ज्वराक्रान्त मस्तिष्क में उठनेवाला प्रत्येक चिन्तापूर्ण विचार स्पष्ट व्यक्त हो रहा था। इस समय यह स्पष्ट प्रकट हो रहा था कि उसके मस्तिष्क को यह विचार मथ रहा था कि वह किस तरह ठीक हो। उसके घबराए हुए दिल की प्रत्येक धड़कन के साथ उसकी छाती का ढांचा उभरता-गिरता था-मानो वह यह जानने के लिए व्यग्र हो कि वह किस तरह स्वस्थ हो सकेगा। उसकी कोमल आंखों का प्रकाश कभी अन्दर की ओर मुड़ जाता था, कभी बाहर की ओर झांकने लगता था। उसके होंठ सूख गए थे—ऐसा लग

रहा था मानो एक आह उनपर जम गई है जो वहां से उड़ जाने के लिए तड़प रही है।

पिछले महीनों में वह अनुभव करता रहा था कि उसकी ज्ञानेन्द्रियों की अनुभव-शक्ति तीव्रतर होती चली गई थी। ग्रीष्मऋतु जब धीरे-धीरे पतझड़ में परिवर्तित हुई, तो उसने वायु में उस परिवर्तन की प्रत्येक, सूक्ष्म से सूक्ष्म, छाया को अनुभव किया था। वह ऋतु-परिवर्तन की प्रत्येक छाया को आंखों से अनुभव करता था, होंठों और कानों से अनुभव करता था और शरीर के रोम-रोम से अनुभव करता था। किन्तु ज्ञानेन्द्रियों की अनुभव-शक्ति की यह तीव्रता और तीक्ष्णता मृत्यु के उस भय के कारण मन्द पड़ जाती थी जिसने उसकी समस्त चेतना को जकड़ लिया था।

उसने करवट बदली, जिससे उसे ऐसा लगा मानो वह मकान की छत से नीचे गिर पड़ा हो। किन्तु यह गिरना उसे ऐसा लगा जैसा धीरे-धीरे चलनेवाले सिनेमा चलचित्र में लगता है। उसे ऐसा लगा जसे वह प्रत्येक इंच के छोटे से छोटे भाग में से धीरे-धीरे नीचे फिसलता चला गया है। उसने सोचा, यदि कोई गिरनेवाला आदमी छज्जे को पकड़ ले, या बीच में कहीं कोई रोक बनी हुई हो तो आदमी मरने से बच सकता है। भला चौधरी ने खिड़कियों के ऊपर 'सनशेड' क्यों नहीं बनवाए? उनसे दिन के समय हम सूरज की तेज़ चमक से बच जाते, और अगर कोई आदमी, कोई भी, मान लो कोई बच्चा, नहीं, नहीं, कोई बिल्ली, कोई भी अचानक गिर पड़े तो वे उसे गिरने से रोक सकते थे।

उसने अपने उद्‌भ्रान्त विचारों की श्रृंखला को तोड़ने का प्रयास किया और अपने मस्तिष्क में उठ रहे बवंडर को शान्त करने के लिए

सिर को एक झटका दिया, और अपनी आंखें मूंद लीं ताकि मृत्यु की भयानक छाया उनसे ओझल हो जाए।

"जीवन सीमित है और कला असीम," उसने कालेज में पढ़ी हुई एक अंग्रेज़ी कहावत को थके हुए लहजे में धीरे-धीरे दोहराया। फिर उसने सिर उठाकर बंद खिड़की के छिद्रों में से आती हुई किरणों को देखा जो सूर्यदेवता के रथ के पहिये के सुनहरी अरे लग रहे थे। फिर वह बड़बड़ाया, "दादी मुझे देखने के लिए किचन में से आ ही रही होंगी।"

बेचारी बुढ़िया सवेरे उठते ही सबसे पहले यही काम किया करती थी, और रात को सोने से पहले यही उसका अंतिम काम होता था। और जब वह छोटा-सा बच्चा था, तो दादी उसे परियों की बहुत-सी कहानियां सुनाया करती थी। उसे वह कहानी अब भी याद थी जो उसकी मां के मरने के बाद दादी ने उसे सुनाई थी। यह कहानी बाद में उसने स्वयं कई परिवर्तनों के साथ छुट्टियों के दौरान में कई बार दादी के सामने दोहराई थी।

'क्या थी भला वह कहानी?"

एक बार का ज़िक्र है कि एक छोटा-सा बच्चा था। उसके बाप की हलवाई की दुकान थी। उसकी मां एक बहुत खूबसूरत हूर थी और उसकी एक दादी थी जो उसे बहुत प्यार करती थी। वह हर रोज़ सवेरे उसे उसके बाप की दुकान पर ले जाती थी और हलवा-कचौरी खिलाती थी। बच्चा अपने बाप की अंगुली पकड़कर दुकान में ठुमक ठुमककर इधर से उधर घूमता था। दुकान में बड़ी-बड़ी कड़ाहियां रखी रहती थीं। किसीमें चाशनी पक रही होती थी, किसीमें घी। कुली लोग आटे और मैदे और चीनी की बोरियां दुकान में लाते रहते थे और उनके कीचड़ लगे हुए पैरों से दुकान का फर्श गन्दा हो जाता। दुकान की दीवारें धुएं

से काली स्याह हो गई थीं। इस धुएं और कड़ाहियों और गन्दगी के बीच वह सुन्दर बच्चा घूमता रहता। थोड़े दिनों के बाद बच्चे ने बोलना सीख लिया। और जब वह बोलता तो उसकी बोली इतनी प्यारी और इतनी सुन्दर लगती कि लोग उसके बाप से कहते, 'जब यह बड़ा हो जाए तो इसे गवर्नमेंट स्कूल में भेजना। यह ज़रूर बाबू बनेगा—इसकी ज़बान इतनी बढ़िया है।' उसकी आंखें भूरी थीं, और बड़ा सुन्दर, गुलाबी चेहरा था और बड़े खूबसूरत, मुलायम, चिकने, भूरे बाल थे। उसे देखकर लोग कहते, 'यह तो ज़रूर एम० ए० पास करेगा और डिप्टी-कलक्टर बनेगा।' बच्चा उनकी बातें सुनकर बड़ा खुश होता। और वह इतना नटखट और शैतान हो गया कि अगर कोई आदमी उसे पैसा न देता तो वह चट से उसे एक चांटा रसीद कर देता—जैसे वह डिप्टी-कलक्टर बन ही गया हो। लेकिन जब वह पांच साल का हुआ तो ज़ालिम फरिश्ता इज़राइल आया और उसकी मां को ले गया। जब उसकी मां, जो एक हूर थी और जो बहिश्त की सैर करने गई थी, वहां वापस न आई तो वह बहुत रोया। उसकी जगह उनके घर में एक दूसरी औरत आ गई। उसके बाप ने उससे कहा कि यह तेरी नई मां है। लेकिन वह उससे थोड़ी ही बड़ी थी और वह उसे मां कहकर न पुकार सका, क्योंकि वे दोनों इकट्ठे खेलते और नई मां खिलौनों के लिए उससे लड़ बैठती। और बच्चा बहुत उदास रहने लगा। इससे पहले वह इतना उदास कभी न हुआ था। लेकिन उसकी दादी उसे बहुत प्यार करती थी—उसकी मां की तरह। वह बाज़ार में बेचने के लिए जब फलों की मालाएं गूंथती तो उसे अपनी गोद में लिटा लेती। फिर एक दिन उसका बाप आया और

उससे कहने लगा, 'अब तू बड़ा हो गया है, इसलिए अब स्कूल जाया कर, ताकि तू एक बड़ा बाबू बन सके और एम० ए० पास कर सके। और अगर तू अपना सबक अच्छी तरह याद किया करेगा तो मैं तुझे हर रोज़ एक पैसा दिया करूंगा। और इसके अलावा अगर तू हर रोज़ घर आकर कुरान शरीफ भी पढ़ा करेगा और पांच वक्त नमाज़ अदा किया करेगा तो तुझे दो पैसा हर रोज़ मिला करेंगे।' बस, उस दिन से बच्चे ने एम० ए० बनना शुरू कर दिया।...

नूर थककर बिस्तर पर पड़ गया और उदास होकर बड़बड़ाया, "आह! लेकिन एम० ए० बनाके क्यों मेरी मिट्टी खराब की?" यद्यपि ये शब्द उसके मुंह से यूंही एक लय की सूरत में निकल गए थे, किन्तु इन्होंने उसके रोम-रोम में एक तीव्र वेदना व्याप्त कर दी—उसका मन एक तीखी कड़वाहट से भर उठा।

शब्द तो साधारण थे, किन्तु चूंकि वह मृत्यु के पंजों में जकड़ा हुआ था और ये शब्द उसकी संकटापन्न स्थिति के द्योतक थे, इसलिए नूर को ऐसा लगा जैसे इन शब्दों में एक ईश्वरीय सत्य भरा हुआ है। इन शब्दों ने उसकी पुरानी स्मृतियों का द्वार खोल दिया—'खुल सिमसिम' की तरह—और एक के बाद एक पुरानी स्मृति उसके अवचेतन मन में से उभर-उभरकर उसके चेतन मन में घुसने लगी। स्मतियां क्या थीं—मानो तेज़ बछियां थीं और बड़े ज़ोर के साथ उसके दिल के ताज़ा घावों में घुस रही थीं। पैदा होते ही जब वह पहली बार रोया था, उसके बाद से अब तक उसका

जीवन रुदन और वेदना की एक लम्बी कहानी के अतिरिक्त और कुछ न था बचपन में जब वह रोते-रोते चुप न होता, तो उसकी मां उसे पुचकारती, प्यार करती और कहती, 'तुझ क्या हो गया है, मेरे लाडले, मेरे मुन्ने,...शायद तुझ भूख लगी है...रो मत, मेरी आंखों के नूर, मेरे चांद! ...मेरे लाडले को तो घर में कोई खिलाता ही नहीं, इस बेचारे की कोई परवाह नहीं करता...'मत रो मेरे जिगर के टुकड़े! ...' और वह उसे गोदी में भींच लेती, उसे चूमती, अपनी छाती से लगा लेती और उसे बांहों में झूला-झूलाकर चुप कराती है तब वह प्रसन्न हो उठता, मुस्करा पड़ता। गोद में झूलने से उसे कितना मज़ा आता था! मां की गोद के नरम-नरम गोश्त से उसको गुदगुदी होती और वह खिलखिलाकर हंस पड़ता....

"अम्मी! हाय अम्मी! तुम अब कहां हो?"

कब्र के अन्धकार में उसकी मां कंकाल बन चुकी थी और अब शायद वह एक भूत बन गई थी। उस अंधेरे क़मरे में लेटे हुए, जिसमे मृत्यु की छाया मंडरा रही थी, वह सोचने लगा कि इतने वर्षों के इस मोटे, काले पर्दे को चीरकर क्या मां के दिल में अब भी उसके लिए कभी मुहब्बत-भरी धड़कन होती है? क्या उसके कड़वे आंसुओं को देखकर मां का दिल अब भी कभी ममता और दर्द से तड़प उठता है? बचपन में जब वह रात को अचानक जाग पड़ता और रोने लगता, तो उसकी अम्मी उसे अपनी छाती से चिपका लेती और कहती, 'अरे बेटे, उस रहीम और करीम खुदा के नाम पर सो जाओ मेरे लाल!' और अम्मी के हृदय में ममता का सागर लहरें मारने लगता। उसकी थपकियों और प्यार के जवाब में वह और ज़ोर-ज़ोर से रोने लगता। और उसके रोने के कारण उसके

बाप की आंख खुल जाती और नींद टूट जाने के कारण उसे बड़ा क्रोध आता और वह उसकी अम्मी को ताबड़तोड़ गालियां बकता और डांटता। लेकिन अम्मी धैर्य के साथ सब गालियां सुन लेती और पलटकर एक शब्द भी न कहती और उसी धैर्य, सहनशीलता, स्नेह और ममता के साथ उसे चुप कराने और सुलाने की कोशिश करती रहती...हाय! अब तो अम्मा हवा में बदल चुकी है, हाथीगेट के बाहरवाले कब्रिस्तान में मिट्टी के तूदे के नीचे किसी कब्र में खाक बन चुकी है। वह कब्रिस्तान जहां रात के समय भय और दिन के समय सन्नाटा छाया रहता था। हां, हर शुक्रवार को वहां कुछ रौनक हो जाती थी क्योंकि कब्रिस्तान की देखभाल के लिए वहां जो पीर रहता था उसके पास उस दिन बहुत-से लोग जाते थे और भूतों के साये से बचने के लिए उससे फूक लगवाते थे और गंडे-तावीज़ बनवाते थे। बदले में लोग उसे 'नज़रें' चढ़ाते थे, रुपये-पैसे, कपड़े और खाने-पीने की चीज़ें देते थे।

नर को कब्रिस्तान की एक घटना याद आ गई। एक दिन उसकी दादी उसे वहां ले गई थी। एक कब्र के ऊपर की मिट्टी खिसक गई थी और कब्र में एक खोखली जगह बन गई थी। उस खोखली जगह में वह झांककर देखने लगा तो उसे वहां एक खोपड़ी दिखाई दी जिसमें आंखों की जगह दो गड्ढे-से बने हुए थे। उन गड्ढों में हज़ारों-लाखों चींटियां रेंग रही थीं। तब उसे अचानक खयाल आया कि कहीं उसकी अम्मी का चेहरा तो ऐसा नहीं बन गया है! क्या उसके सिर में भी ऐसे ही दो गड्ढे बन गए होंगे जिनमें से वह निरन्तर ताक रही होगी? क्या उसके होंठ भी इसी खोपड़ी की तरह गायब हो गए होंगे और उसके दांत इसी तरह

भयानक दिखाई दे रहे होंगे? क्या उसके चेहरे पर भी ऐसा ही भाव दिखाई दे रहा होगा, जैसे इसपर एक भयानक, स्थायी हंसी जम गई हो? मौत, मौत, मौत... ओह, मौत कितनी भयानक है, कितनी अटल! कहने को तो वह मौत मांग रहा था, किन्तु उसकी अन्तरात्मा वास्तव में जीना चाहती थी।

किन्तु उसकी अम्मी को चींटियों और कीड़ों ने नहीं खाया होगा...बिल्कुल नहीं। उसकी अम्मी...लेकिन वह कैसे बची होगी कीड़ों और चींटियों से? आखिर उसे क्यों न खाया होगा उन्होंने?

उसने अपने शरीर को एक झटका दिया और होंठों को ज़ोर से भींच लिया ताकि उसके मुंह से आह न निकल सके। फिर उसने दायें हाथ की अंगुलियों को बायें हाथ की नाड़ी पर रखकर नाड़ी की गति देखी। उसे यह देखकर सान्त्वना मिली कि उसकी नाड़ी चल रही है। नाड़ी धीमी चल रही है या तेज़—इस बात की ओर उसने कोई ध्यान नहीं दिया।

आज से वर्षों पहले—बहुत पहले—जैसे युग बीत गए हों उन बातों को—और अब तो वह उस समय को लगभग भूल ही गया है—कालेज, बल्कि स्कूल के ज़माने से भी पहले की बात है—हर रोज़, सवेरे उसे बड़ी घबराहट हुआ करती थी। सवेरे उठते ही उसे भय चढ़ जाता था कि कहीं स्कूल को देर न हो जाए। इसी भय के मारे वह जल्दी-जल्दी मांस के शोरबे के साथ परांठे निगल जाता था और जलती-जलती चाय का प्याला जैसे-तैसे गले में उंडेल लेता था। उसका गला जल जाता और पेट में दर्द हो जाता, लेकिन आखिर स्कूल तो वक्त पर पहुंचना ही होता था...अल्लाह का शुक्र

है कि अब उस भाग-दौड़ से उसे छुटकारा मिल गया है। वह कितनी ही बार परमात्मा से प्रार्थना करता कि वह किसी तरह बीमार पड़ जाए और उसे कम से कम कुछ दिनों के लिए तो स्कूल जाने से छुट्टी मिल जाए। किंतु उन दिनों वह कभी बीमार नहीं पड़ा...उसे याद आया, वह किस तरह जल्दी-जल्दी खा-पीकर स्कूल की तरफ दौड़ा करता और रास्ते-भर मास्टर का डंडा उसकी आंखों के सामने नाचता रहता। गर्मी के दिनों में सवेरे से ही आग-सी बरसने लगती और वह पसीने से तर-ब-तर हो जाता और कपड़े उसके शरीर से चिपक जाते। उसकी दादी बेचारी समय का कभी भी ठीक अनुमान नहीं लगा पाती। वह ऊपर की मंज़िल से शुरू करके नीचे तक सारे मकान को झाड़ती-बुहारती, फिर नमाज़ अदा करती और उसके बाद उसके लिए खाना बनाने बैठती...एक बार, जब वह काफी बड़ा हो गया था, उसने बाप से एक घड़ी दिलवाने को कहा। उसे गोल-गोल चमकदार घड़ी कितनी खूबसूरत लगती थी! उसकी क्लास में कई लड़कों के पास घड़ियां थीं, लेकिन वे उसे अपनी घड़ी छूने भी न देते थे। उसका कितना मन करता कि उसके पास भी एक घड़ी हो जिसके साथ चेन लगी हुई हो; वह चेन का एक सिरा वास्कट के एक काज में अटकाए और घड़ी को जेब में रखे और चेन लटकी रहे और इस तरह घड़ी लगाकर वह स्कूल जाए! उसके पास घड़ी हो तो उसे स्कूल पहुंचने में कभी देर न हो। उसके जिन साथियों के पास घड़ी थी वे अपने को लाट साहब समझते थे। अगर उसके पास घड़ी हो जाए तो वह भी उन्हें दिखा सकेगा कि वह किसी भी तरह उनसे कम नहीं है। लेकिन जब उसने बाप से कहा कि मुझे एक घड़ी दिलवा दो, क्योंकि स्कूल पहुंचने में कई बार देर हो जाती है, तो बाप ने उसे बुरी

तरह डांटा और कहा, 'अबे, घड़ी का क्या होगा? कल से अज़ान की आवाज़ पर उठा कर और सवेरे की नमाज़ अदा किया कर। कल से अगर तूने सवेरे की नमाज़ अदा न की तो मुझसे बुरा कोई न होगा! और अगले दिन से उसके ऊपर यह एक बोझ और डाल दिया गया—जैसे उसे इस बात पर सज़ा दी गई हो कि वह क्यों फैशनेबल बनना चाहता है। उसके मकानवाली गली के अन्त में मस्जिद थी। मुंह-अंधेरे जब मस्जिद का मोटा-तगड़ा मुल्ला अज़ान देता तो नूर को लाचार होकर बिस्तर से उठना ही पड़ता—चाहे उसे कितनी भी गहरी नींद क्यों न आ रही हो। वह जानता था कि अगर किसी दिन वह नमाज़ अदा करने के लिए ठीक वक्त पर मस्जिद नहीं पहुंचा तो उसका बाप उसकी हड्डी-पसली तोड़े बिना न मानेगा। इसलिए अज़ान होते ही वह उठ खड़ा होता और मस्जिद की तरफ भागता। गली की नालियों में, जगह-जगह बच्चे टट्टी फिर रहे होते, गली की सड़ांद से उसका दिमाग फटने लगता, लेकिन उसे तो मस्जिद में जाना ही पड़ता। मस्जिद पहुंचकर दूसरे लोगों की तरह वह भी वुज़ू करता, और नमाज़ियों की पंक्ति में खड़ा हो जाता। उसे न तो नमाज़ याद थी, न नमाज़ अदा करने का पूरा तरीका आता था। फिर भी जिस तरह दूसरे नमाज़ी करते, वह भी उसी तरह करता जाता। उन्हींकी देखा-देखी वह कभी उठता, कभी बैठता, कभी झुकता, कभी सिज्दा करता (धरती पर माथा रगड़ता) और साथ ही नमाज़ के बोल, जैसे भी उसे याद थे, अर्थ समझे बिना, बड़बड़ाता रहता। बाप की आज्ञा से वह कई दिन तक शाम के वक्त मुल्ला के पास जाता रहा और मुल्ला उसे नमाज़ रटाता रहा। चौधरी ने अपने बेटे का परलोक सुधारने के लिए मुल्ला से निवेदन किया था और मुल्ला

की इस महती कृपा के बदले में चौधरी ने मुल्ला को ख़ूब बढ़िया दावत खिलाई थी और उसे नया साफा, कमीज़, शलवार, शाल और जूतियों का जोड़ा भेंट किए थे और मिठाई का बड़ा-सा थाल भी उसे दिया था। नूर ने व्यंग्य के साथ यह कहावत दोहराई, "अल्लाह अपने मतलब के लिए अपने बन्दों पर अनुकम्पाएं करता है।"

नूर की समझ में कभी यह बात नहीं आई कि आख़िर उन नमाज़ों से उसे क्या लाभ हुआ। यद्यपि उसने कुरान शरीफ की सब आयतें–आदि से अंत तक–सैकड़ों बार पढ़ डाली थीं, किन्तु चूंकि उसका अरबी भाषा का ज्ञान शून्य के बराबर था, इसलिए आयतों का अर्थ कभी उसकी समझ में न आया। न ही उसकी समझ में यह बात आती थी कि जब आदमी के कपड़े रात के पसीने से गन्दे हों और गन्दी गली में से गुज़रते समय धूल-मिट्टी से वे और भी गन्दे हो जाएं तो मुंह-हाथ धोने या 'वुजू करने से आदमी कैसे साफ और पवित्र हो सकता है?...और नमाज़ पढ़ते समय उसकी गुदा से गंदी हवा खारिज हो जाती थी—यद्यपि उसने यह बात किसीसे नहीं कही, किन्तु जब भी ऐसा होता था, वह परेशानी की हंसी हंस देता था। दूसरे नमाज़ी, जो आयु में उससे बड़े होते थे, वे भी नमाज़ पढ़ते समय ऐसा कर देते थे, किन्तु फिर भी उनकी नमाज़ जारी रहती थी। हां, ऐसे अवसरों पर वे ज़रा आंखें घुमाकर दायें-बायें ज़रूर देख लेते थे। वह सोचता कि खुदा ने वह आवाज़ ज़रूर सुन ली होगी, किन्तु फिर यह सोचकर उसकी तसल्ली हो जाती कि चूंकि यह पाप झुकने, बैठने, उठने के कारण हुआ है और नमाज़ अदा करने के लिए झुकना, उठना, बैठना ज़रूरी है, इसलिए खुदा उसका यह पाप ज़रूर क्षमा कर देगा।

अक्ल के अंधे और ढोंगी मुल्ला की बातों से वह कितना डरा-सहमा रहता था! उसे अपनी इस मूर्खता पर हंसी आई। उसे यह ईश्वरीय वाणी याद आई : "अल्लाह रहीम[1] और करीम[2] है, उसीकी इबादत[3] करनी चाहिए, वही सारी दुनिया का मालिक है, वही हश्र[4] के दिन मालिक होगा ; सब उसीके बंदे[5] हैं, सब उसीकी रहमत[6] मांगते हैं।" वह मोटा मुल्ला आखिर क्यों सवेरे, दोपहर, दोपहर बाद, शाम, रात उस खुदा को इतनी ऊंची आवाज़ से पुकारता था कि इस आवाज़ को सुनकर आदमी के कान फट जाएं।

उसे लगा कि परमात्मा ने उसके साथ धोखा किया है कि वह इस तंग, अंधेरे कमरे में कैद होकर अपने जीवन के दिन पूरे कर रहा है। और उसे यह भी पता नहीं कि उसका कितना जीवन शेष है—कितने दिन, कितने सांस। सवेरे की इस खामोशी में उसे तो इतना ही पता है कि उसका दिल धड़क रहा है, उसकी छाती से दिल की धड़कनें टकरा रही हैं और अभी वह जी रहा है।

उसे ऐसा लगा जैसे इस बीमारी ने उसकी श्रवण-शक्ति को क्षीण कर दिया है। मानो उसका शरीर अंदर से जल गया है और उससे धुआं उठ-उठकर उसके कानों पर छा गया है। फिर भी उसे लग रहा है कि उसकी तबीयत पहले से अच्छी है, उसका शरीर हल्का है।

वह कानों पर जोर देकर ध्यान से सुनने की कोशिश करने लगा।

"अल्लाहू-अकबर!" मुल्ला की आवाज़ उसे सुनाई पड़ी। मुल्ला अज़ान दे रहा था।

"दूर, दूर हो कुत्ते!" नूर बेचैन होकर बड़बड़ाया। "मुफ्तखोर,

---

1. दयालु 2. कृपालु 3. भक्ति 4. प्रलय 5. दास 6. अनुकम्पा

हरामखोर, दूसरों की रोटियों पर पला हुआ मुश्टंडा!" नूर मुल्ला की भारी, मोटी किन्तु तेज़ आवाज़ सुनकर क्रोध से कांपने लगा।

"बुला ले दीनदारों को नमाज़ के लिए, पाजी कहीं के! मैं तुझे और तेरे खुदा को नफरत की निगाह से देखता हूं। तुम सबसे नफरत करता हूं मैं! मैं तेरे मुंह पर थूकता हूं।" और वह सचसुच थूकने के लिए तकिये पर से उठने लगा तो सहसा उसे ज़ोरदार खांसी ने जकड़ लिया। खांसी इतने ज़ोर से उठी कि उसका सांस बंद होने लगा, उसका सारा शरीर हिल उठा। उसे डर लगा कि शायद यह उसकी अंतिम सांस हो।

"नूर, अरे नूर, मेरे बच्चे! क्या हुआ बेटे? क्या हो गया है तुझे?" उसकी दादी चिल्लाती हुई ज़ीने से उतरी और कमरे में आई।

दादी के जीवन के सत्तर वर्षों की दुखद कहानी मानो उसकी झुर्रियों के रूप में उसके चेहरे पर लिखी हुई थी। वह लड़खड़ाकर चलती थी और उसका सिर हर वक्त हिलता रहता था।

नूर की खांसी रुकने का नाम ही न ले रही थी। खांसी के हर झटके से उसके शरीर की पोरी-पोरी हिली जा रही थी। ऐसा लग रहा था मानो उसका शरीर भूकम्प के प्रबल झटकों में बुरी तरह फंस गया है।

दादी ने अपना सूखा हुआ और झुर्रियों से भरा हुआ चेहरा नूर के ऊपर झुका दिया। वह उसके माथे को चूमने का प्रयास करने लगी, किन्तु चूम न सकी, क्योंकि उसकी आंखों में आंसू छलक आए और उसे नूर का माथा ठीक-ठीक दिखाई न दे सका। साथ ही खांसी के ज़ोर के कारण नूर का चेहरा भी बुरी तरह हिल रहा था। घबरा-

हट के कारण दादी का चेहरा और भी ज़ोर-ज़ोर से हिलने लगा और शरीर कांपने लगा।

"क्या हुआ बच्चे? क्या हो गया है तुझे, मेरे लाल? अरे, मैं कुर्बान जाऊं तुझपर, मेरे बच्चे!" दादी उसे पुचकारने और दिलासा देने लगी।

"कुछ नहीं दादी, कुछ नहीं हुआ।" नूर ने बड़ी कठिनाई से सांस लेकर कहा। "मैं तो ठीक हूं, दादी! तुम जाओ और आराम करो, मैं ठीक हूं बिलकुल?"

दादी ने कहा, "बच्चे! ज़रा-सी चाय ले ले। तेरे लिए बनाकर लाई हूं। दो घूंट तो ज़रूर पी लीजो...और ये खिड़कियां तो खोल दूं—बाहर कितनी अच्छी धूप खिली हुई है!" नूर की खांसी तो अब दब गई थी किन्तु उसका मुख एकदम पीला पड़ गया था और वह आंखें बंद करके बेदम-सा होकर तकिये पर लुढ़क गया था। दादी का मुंह खुला का खुला रह गया और वह भयभीत दृष्टि से नूर का मुंह ताकने लगी।

क्षण-भर के बाद नूर ने आंखें बंद किए-किए ही कहा, "अच्छा, अच्छा। मगर खिड़कियां बंद ही रहने दो दादी, और तुम जाओ और आराम करो।" नूर जानता था कि अगर बोलने में उसे ज़रा भी देर हो गई तो दादी रोना शुरू कर देगी और सारे घर को सिर पर उठा लेगी।

दादी की घबराहट कुछ कम हुई और वह लड़खड़ाती हुई पलंग के दूसरी ओर गई। रात को सोते समय नूर से लिहाफ उधर गिर गया था। दादी ने कांपते हाथों से लिहाफ उठाया और नूर पर डाल दिया। फिर उसने कमरे में चारों ओर यह इत्मीनान करने के लिए दृष्टि घुमाई

कि सब ठीक-ठाक है या नहीं। इसके बाद उसने नूर के चेहरे पर एक उड़ती-सी निगाह डाली और आश्वस्त होकर एक लम्बी सांस ली, मानो इस विश्वास को उसने एक बार फिर अपने मन में दोहरा लिया कि बिस्तर पर पड़ा हुआ यह बीमार शरीर कभी नहीं मरेगा। वह पलंग के पास थोड़ी देर के लिए रुक गई।

दादी के रुकने से नूर कुछ व्याकुल-सा होने लगा। वह इस समय बिलकुल अकेला लेटा रहना चाहता था। वह तनिक झल्लाकर बोला, "अब चली भी जाओ, दादी! मैं अब कोई छोटा-सा बच्चा नहीं रह गया हूं। मैं ठीक हो जाऊंगा। तुम जाओ और आराम करो।"

"मेरे लिए तो तुम अब भी बच्चे ही हो।" दादी ने कहा, "सुनो बच्चे, थोड़ी-सी चाय ज़रूर ले लो। यह देखो, यहां रक्खी है तुम्हारी चाय। अब तुम बिलकुल ठीक हो ना? तो मैं अब जाकर खाना बनाऊं?" यह कहकर दादी ने चारों ओर एक बार फिर निगाह डाली, पेशाबदान उठाया और चलने के लिए तैयार होकर बोली, "अच्छा तो अब मैं जा रही हूं। किसी चीज़ की ज़रूरत हो तो मुझे फौरन बुला लेना, अच्छा?"

जब दादी का झुका हुआ, सूखा शरीर लड़खड़ाता हुआ कमरे से बाहर निकल रहा था, तो नूर के मन में दादी के प्रति जहां एक ओर करुणा का भाव जाग्रत् हो रहा था वहां, दूसरी ओर, घणा का भाव भी उत्पन्न हो रहा था। उसके मन में अपनी अम्मी के लिए अटूट स्नेह और श्रद्धा का भाव था। किन्तु इस दादी ने ही उसके बाप को दूसरा विवाह करने के लिए प्रेरित किया था, इसलिए दादी के प्रति नूर के मन में घृणा की एक गहरी छाया भरी हुई थी।

उसके और उसकी दादी के बीच यह छाया सदा एक दीवार बनी रहती थी। साथ ही दादी बुढ़ापे के कारण बड़ी बदसूरत हो गई थी, इसलिए भी नूर को दादी बुरी लगती थी। दादी नूर से अतिशय लाड़-प्यार करती थी। लाड़-प्यार की यह अधिकता भी नूर को अच्छी नहीं लगती थी।

फिर भी पांच महीनों की लम्बी बीमारी के कारण नर के हृदय में सबके प्रति करुणा और स्नेह का भाव भर उठा था। दादी की अटूट सेवा ने नूर का मन उसके प्रति द्रवित कर दिया था। वह बूढ़ी थी, मूर्ख थी और चलते हुए उसके पांव डगमगाते थे, किन्तु उसमें कहीं कुछ इतना करुणाजनक था कि नूर ने उसे अपनी मां के स्थान पर स्थापित कर लिया था। फिर भी नूर किसी तरह भी यह बात भूल न पाता था कि दादी नूर के बाप के नूर पर किए गए अत्याचारों को चुपचाप सहन करती रही थी। बाप जब उसे पीटता था और वह रोता-चिल्लाता था और जब बाप उसे 'नई मां' की आज्ञाओं का पालन करने के लिए मजबूर करता था और लज्जा और ग्लानि से नूर का दिल टूट जाता था, तब भी दादी चुपचाप खड़ी उसके तिरस्कार, उसके अपमान और उसके रुदन को देखती रहती थी और इस दुर्व्यवहार के विरुद्ध एक शब्द भी अपने मुंह से न निकालती थी। नूर को जब भी ऐसे अवसर याद आ जाते, वह दादी के प्रति घृणा और रोष से कड़वा हो उठता।

"इन सब लोगों ने मिलकर मुझे तोड़ डाला, मुझे बरबाद कर दिया, और अब ये लोग मेरा जीवन बचाने के लिए भाग-दौड़ करते हैं, व्यर्थ में मेरी सेवा का ढोंग रचाते हैं—धूर्त कहीं के!" नूर होंठों ही होंठों में बोला। उसकी दृष्टि सहसा उन पुस्तकों पर जा पड़ी

जो दवाओं की शीशियों के साथ छोटी-सी अल्मारी में रखी थीं। दवाओं और पुस्तकों के साथ ही उसकी मौसी की कई छोटी-मोटी चीज़ें रखी हुई थीं—जैसे शीशा, चूड़ियां, कंघा आदि।

उसने करवट बदली। उसे ऐसा लगा जैसे उसके फेफड़ों की कमज़ोरी उसके सिर में चली गई है। उसे अपना सिर भारी लगा और वह धीरे से तकिये का सहारा लेकर लेट गया। उसपर गहरी तन्द्रा-सी छा गई। इसी तन्द्रावस्था में उसने उन मैले-गन्दे कपड़ों को देखा जो दीवारों पर रंगीन खूंटियों से लटके हुए थे और ऐसे लग रहे थे जैसे किसी जलसे में झंडियां लटक रही हों। कमरे के कोनों में एक-दूसरे के ऊपर ट्रंक रखे हुए थे, जिनपर घटिया किस्म का रोगन किया हुआ था। ट्रंकों के ये ढेर भी उसकी आंखों में झूल रहे थे। एक कोने में चीनी की बोरियों की थाक लगी हुई थी जिनपर चूहों के पेशाब के अनेक हरे-हरे धब्बे लगे हुए थे। चूहों के पेशाब की दुर्गन्ध से नूर का दिमाग फट रहा था। कमरे की दीवारों पर कभी सफेदी कराई गई होगी, किन्तु अब तो चूल्हे के धुएं से ये बिलकुल काली हो चुकी थीं। नूर को लगा जैसे ये काली-काली दीवारें किसी राक्षस की तरह चारों ओर से उसे घेरती आ रही हैं। 'मानसिंह सिनेमा' में उसने किसी पिक्चर में एक दीवानखाना देखा था—ड्राइंगरूम-जिसमें बड़े-बड़े शीशे लगे हुए थे और बड़ी सुन्दर, नक्काशीदार मेज़-कुर्सियां रखी हुई थीं और एक तरफ एक बड़ा सुन्दर पलंग पड़ा हुआ था जिसपर चारों ओर झालरें लटकी हुई थीं। नूर के मन में विचार आया—कहां उसका यह बदबूदार, घुटा हुआ, तंग, अंधेरा, सीलन-भरा, नरक समान छोटा-सा कमरा और कहां वह विशाल, सुन्दर, सजा हुआ, स्वर्ग समान ड्राइंगरूम! किन्तु वह कभी भी वैसे कमरे में नहीं लेट

सकेगा। और इस निराशा ने उसके रोएं-रोएं को कड़वाहट और घुटन से भर दिया।

इतनी देर में उसके फेफड़ों में खांसी का एक नया गुबार भर गया जिससे नूर घबरा उठा। उसने आंखें बन्द कर लीं और यह कोशिश की कि वह एक इंच भी इधर से उधर न हिले। डाक्टर की सख्त हिदायत थी कि वह मुकम्मल आराम करे, अपने शरीर पर तनिक-सा भी दबाव न डाले। हिलने-जुलने से उसे भयंकर हानि हो सकती है। डाक्टर की इस हिदायत ने उसके मन पर एक भयंकर आतंक बिठाया हुआ था।

और क्षण-भर के लिए नर पर पूर्ण उदासीनता छा गई—जैसे वह एक मुर्दा हो जिसे इस बात की कोई परवाह नहीं होती कि वह धरती पर पड़ा है या बिस्तर में। किन्तु उसकी आंखें भारी हो गईं और रग-रग हिल उठी और आतंक और व्याकुलता ने, जो उसके जीवन पर पिछले कई महीनों से छाए हुए थे, उसके रोम-रोम को जकड़ लिया।

उसे महसूस हुआ कि बलगम का एक मोटा-सा थक्का उसके गले में फंस गया है।

उसने खांसकर गला साफ करने का प्रयास किया और आंखें आधी बन्द किए-किए थूकदान में थूका। वह मुंह में से निकलते हुए खून के लाल-लाल गोले को देखने से डरता था। वह बुरी तरह हांपकर तकिये के सहारे लुढ़क गया। उफ! कितनी दुर्बलता है! बाहर की धूप से कमरा गर्म हो गया था और गली में से आती हुई चिड़ियों की चहचहाहट कमरे के वातावरण को सजीव कर रही थी। नूर आंखें बन्द करके आराम करने की कोशिश करने लगा।

तकिये की गर्मी उसे सुखद लग रही थी। उसने अपने सिर को तकिये के हवाले कर दिया। उदासी, निराशा और विवशता का अन्धकार उसके मन पर पूरी तरह छा गया।

'दादी के आने से पहले भला मैं क्या सोच रहा था?' उसने अपने-आपसे पूछा। किन्तु उसे अपने अन्दर से कोई उत्तर न मिला। उसके भारी मन में से बस एक राग-सा फूट पड़ा, 'मुझे ठीक होना चाहिए, मुझे अच्छा हो जाना चाहिए!' मानो उसे पूरा विश्वास था कि वह अवश्य जीवित रहेगा, और यह विश्वास उसके मन में एक नशे की तरह छाया हुआ था। जैसे मां के मृत शरीर के सम्बन्ध में उसके मन में जो विचार कुछ देर पहले उठे थे, उनके कारण यह विश्वास करना उसके लिए और भी ज़रूरी हो गया हो। और उसके सिर के पिछले भाग में जैसे कुछ तेज़ी-सी आ गई।

उसपर गहरी तंद्रा छा गई और उसे चारों ओर का प्रकाश मद्धिम दीखने लगा जिसके परे घोर अंधकार छा गया। इस अंधकार के परे उसने देखा कि शहर की लाल ईंटों से बनी फसील के नीचे से शहर के गन्दे पानी से लबालब भरा हुआ नाला बह रहा है और वह उस गहरे, कीचड़-भरे नाले के किनारे-किनारे जा रहा है। इस नाले में लोग चूहेदान खोलकर चूहे छोड़ रहे हैं और मरे हए कुत्ते-बिल्लियों को फेंक रहे हैं। शहर की गंदगी और कूड़ा-करकट ढोने के लिए फसील के पास से एक छोटी-सी लाइन गुज़रती है जिसपर से गंदगी और कूड़े-करकट से लदी हुई एक छोटी-सी कूड़ा-गाड़ी जा रही है। उस गाड़ी के गुज़रने से चारों ओर भयंकर बदबू फैल गई है। दिल्ली-गेट के बाहर एक विशाल गड्ढा है, उसमें वह गाड़ी खाली की जा रही है। वहां हर समय कूड़ा जलाया जाता रहता

है।...बचपन में उसके मन में कई बार यह खयाल आया कि काश! वह इंजन-ड्राइवर बन जाए, ताकि वह इस छोटी-सी गाड़ी के नन्हे-से इंजन को चला सके! इतने में उसे स्कूल-मास्टर का ध्यान आ जाता है। स्कूल-मास्टर काला-कलूटा है, लेकिन सफेद कपड़े पहने हुए है। मास्टर की घनी दाढ़ी बड़ी खूबसूरती से कटी हुई है। स्कूल का भवन चमारों के मकानों के पास बना हुआ है और कच्चे चमड़े की बदबू से आसपास का सारा वातावरण नरक जैसा हो रहा है। मास्टर की आंखों के कोये क्रोध के मारे अंगारों की तरह लाल हो रहे हैं। मास्टर ऐसा दिखाई दे रहा है जैसे वह इन्सान न हो, बल्कि कोई राक्षस हो। और वह, नूर, देर से स्कूल पहुंचा है। मेज़ पर एक नई बेंत रखी है जिसे देखते ही नूर के होश उड़ जाते हैं। उसे पता है कि मास्टर वास्तव में नूर के देर से पहुंचने के कारण आग-बगूला नहीं हो रहा है, बल्कि उसके अन्दर बदले की आग भड़की हुई है। मास्टर ने कुछ दिन पहले उससे कहा था—'अबे, अपने बाप की दुकान से मिठाई की एक टोकरी ले आइयो।' नूर ने जाकर बाप से मिठाई मांगी थी, किन्तु बाप ने यह कहकर मिठाई देने से इन्कार कर दिया था—'मैंने यह दुकान खैरात के लिए नहीं खोल रक्खी। मेरे लिए तो इस दुकान से गुज़ारा करना ही मुश्किल है। और फिर तेरी फीस भी तो इसी दुकान की कमाई में से ही देनी पड़ती है।...' मास्टर की भयानक, क्रोधपूर्ण शक्ल देखकर नूर सहम जाता है, उसका लहू भय के मारे जम जाता है।...मास्टर बेंत हाथ में उठा लेता है और नूर डर के मारे चिल्लाने लगता है। मास्टर गरज उठता है, 'चुप रह, वरना जितनी बार चिल्लाएगा उतनी ही बेंतें और खानी पड़ेंगी।' नूर पर बेंतें बरसने लगती हैं। कुछ देर वह चुप रहता है,

किन्तु फिर दर्द के मारे चीखने लगता है, 'मास्टरजी, छोड़ दो! हाय मास्टरजी, छोड़ दो मुझे, मैं मर गया!' मास्टर के क्रोध का पारा चढ़ता जाता है और वह और भी ज़ोर-ज़ोर से बेंतें मारने लगता है। नूर रो रहा है, चिल्ला रहा है। अब उसने कमरे में भागना शुरू कर दिया है। मास्टर भी उसके पीछे-पीछे भाग रहा है और इस तरह कस-कसकर बेंतें मार रहा है कि कोई आदमी शायद किसी जानवर को भी इस तरह न पीटे। नूर हाथ जोड़ रहा है, गिड़गिड़ा रहा है, पीछे हट रहा है, चिल्ला-चिल्लाकर दया की भीख मांग रहा है, किन्तु मास्टर का क्रोध कम होने की बजाय भड़कता ही जा रहा है और वह नूर के अनुनय-विनय का कोई उत्तर नहीं दे रहा, बस बेंतों की संख्या ज़ोर-ज़ोर से बोलता जा रहा है—'बारह... तेरह...चौदह...पन्द्रह...!' आखिर मास्टर की सांस फूल जाती है और हाथ थक जाते हैं; तब कहीं जाकर वह नूर को छोड़ता है। नूर रोता-बिसूरता एक कोने में बैठ जाता है। उसका शरीर पीड़ा से दुख रहा है। उसका सिर लज्जा से झुका हुआ है, आंखों से आंसुओं की अविरल धारा बह रही है। उसे मां की याद आ जाती है और मां पर क्रोध आता है कि वह आकर उसे क्यों नहीं बचाती। फिर वह अपनी कल्पना में देखता है कि मां सामने ही खड़ी है, उसकी आंखों में दुख और बेबसी के आंसू हैं, उसने अपने हाथ फैलाए हुए हैं और वह जिब्राईल फरिश्ते से गिड़गिड़ाकर कह रही है कि ऐ दया के फरिश्ते! तू मेरे बेटे की मदद कर! नूर अपने दुखते हुए अंगों को दबा रहा है, लज्जा के कारण वह आंखें ऊपर नहीं उठा पा रहा; वह आंसुओं को रोकना चाह रहा है, लेकिन मां को सामने देखकर उसके आंसू एक बार फिर ज़ोर से बह निकलते हैं, उसकी

सिसकियां बंध जाती हैं, और वह अपने मन में कहता है, 'अम्मी! क्यों भिखारियों की तरह गिड़गिड़ा रही हो? मेरा बाप आखिर कोई मामूली आदमी तो नहीं है, सारा बाज़ार उसकी इज़्ज़त करता है। मैं बाप से कहूंगा, वह हैडमास्टर साहब से ज़रूर शिकायत करेगा।' फिर नूर के मन में विचार उठता है कि अगर बाप ने हैडमास्टर साहब से शिकायत कर दी, तो मास्टर और भी जल जाएगा और फिर वह मुझे ज़िन्दा न छोड़ेगा।

नूर पर अभी तन्द्रा छाई हुई है। उसकी कल्पना में एक दूसरा दिन उभर आता है—अंग्रेज़ी के एक शब्द की अक्षरी लिखने में उससे गलती हो जाती है। मास्टर ने उसकी अंगुलियों के बीच में पेंसिलें अड़ा दी हैं और मास्टर उसके हाथ को अपने मज़बूत हाथ में जकड़कर भींच रहा है। दर्द के मारे नूर की चीखें निकल रही हैं और वह कमरे के फर्श पर लोट-पोट हो रहा है और छटपटा रहा है—जैसे ज़िबह होने के बाद मुर्गे का धड़ छटपटाता है—किन्तु मास्टर और भी ज़ोर से उसके हाथ को भींचता जा रहा है...नूर को लग रहा है कि उसकी अंगुलियों की हड्डियां टूट रही हैं। उसे भयानक, असह्य पीड़ा हो रही है और एक अत्यन्त तीव्र चीख उसके मुंह से निकल जाती है...

स्वप्न-लोक से उभरकर पीड़ा और वेदना उसके चेहरे पर छा जाती हैं। फिर सहसा उसकी कल्पना स्कूल से हटकर मस्जिद में जा पहुंचती है। वह पालथी मारे बैठा है और आगे-पीछे हिलता हुआ कुरान शरीफ की आयतें ज़ोर-ज़ोर से पढ़ रहा है। मस्जिद के कोने के आले में मिट्टी का एक दीया जल रहा है जिससे हल्की-हल्की रोशनी हो रही है—रोशनी इतनी हल्की है कि वह कुरान

को ठीक तरह से नहीं पढ़ सकता। उसके सामने रिहल[1] पर कुरान शरीफ रखा हुआ है और वह आयतों को रट रहा है। वह दिन-भर का थका-मांदा है और थोड़ी देर कुरान पढ़ने के बाद उसे झपकी आ जाती है। इतने में पीछे से उसकी कमर में एक लात लगती है। वह मुड़कर देखता है—मौलवी शहाबुद्दीन खड़े हुए अपनी दाढ़ी सहला रहे हैं और कड़क रहे हैं, 'अबे ओ सूअर के बच्चे! होश में आ और ठीक तरह से कुरान की आयतें याद कर। वरना तेरा कमीना बाप कहेगा कि मौलवी साहब! आपने मेरे बेटे को आयतें याद नहीं कराई, इसलिए मैं इस साल आपको कपड़ों का नया जोड़ा नहीं दूंगा।...' नूर कुरान पढ़कर रात के अंधेरे में घर लौट रहा है, उसकी आंखें नींद से झुकी पड़ रही हैं, गली में अंधेरा छाया हुआ है, यहां-वहां आवारा गाएं खड़ी हैं, एक जगह एक सांड गली को रोके हुए खड़ा है। यहां-वहां फकीर खड़े या गली के किनारे पड़े हैं। मकान के बाहर अंधेरे के कारण नूर गन्दी नाली में गिर पड़ता है, उसकी कोहनी छिल जाती है। वह चीखकर दादी को पुकारता है। उस समय उसका बाप छत पर बने हुए पाखाने में गया हुआ है। चौधरी सहसा तेज़ी से नीचे उतरकर आता है और तडातड़ दो तमांचे नूर के मुंह पर जड़ देता है और चिल्लाकर कहता है, 'सूअर कहीं का! जब देखो रोता-झींकता ही रहता है।' और नूर इस अपमान के कारण आत्मग्लानि से भर उठता है और अपनी दुर्दशा पर उसके मन में बड़ा दुःख और क्रोध उत्पन्न होता है। वह क्रोध और ग्लानि के मारे किसीको अपना मुंह नहीं

1. लकड़ी की बनी हुई एक-दूसरे को काटती हुई दो तख्तियां, जिनके बीच में कुरान रखकर पढ़ा जाता है।

दिखाना चाहता। वह खाना खाने से इन्कार कर देता है और दादी को बुरी-भली सुना डालता है। दादी उसे यह कहकर मना रही है कि तुझे कल अंग्रेजी मिठाई लाकर दूंगी, और पीपरमेंट की गोलियां...

इतने में नूर की स्मृति सहसा वहां से पलटकर एक सपाट लम्बे-चौड़े मैदान में जा पहुंचती है। तेज़ धूप से वहां की सूखी-भूरी घास झुलस रही है। इधर-उधर नागफनी के पौधे उगे हुए हैं। मैदान के परे एक पुराने किले के खंडहर खड़े हैं। किले की दीवारों का रंग समय के थपेड़े खा-खाकर कहीं गेरुआ और कहीं सिंदूरी हो गया है। केवल गुम्बदों का रंग अभी तक लाल है। किले की दीवारों पर गहरी काई जमी हई है। नर मैदान में अकेला घुम रहा है। वह किले के चारों ओर बनी हुई गहरी खाई की तरफ जा रहा है। खाई में कहीं छोटे-बड़े पत्थर बिखरे पड़े हैं, कहीं करीली झाड़ियां उगी हुई हैं और लम्बी-लम्बी तीखी नोकदार घास से तो लगभग सारी खाई भरी हुई है। वह बिना किसी उद्देश्य के खाई को पार कर रहा है, उसका मन जर्जर, टूटा हुआ, खिन्न और उदास है। वह बड़बड़ा रहा है। 'खुदा मुझे मौत क्यों नहीं दे देता?' इतने में उसकी कल्पना में वह किला लाल ईंटों के बने हुए हाईस्कूल-भवन में बदल जाता है। इस बिल्डिंग के एक ओर दो बड़े-बड़े टीले खड़े हैं। अब उसकी कल्पना में अनायास कर्बला का मैदान उभर आता है और वे टीले मीनारों में बदल जाते हैं। ऊंटों का एक लम्बा कारवां मैदान में से गुज़र रहा है। हरएक ऊंट की नकेल अगले ऊंट की पूंछ से बंधी हुई है। आकाश बिलकुल साफ और नीला है। नीचे—-जहां तक दृष्टि जाती है—रेत ही रेत फैला हुआ है जो धूप की तेजी के

कारण आग की तरह जल रहा है। उसके पांव नंगे हैं जो जलते हुए भूरे-पीले रेत से झलस रहे हैं। वह व्याकुल होकर किसी खजूर के पेड़ की तलाश में इधर से उधर दौड़ रहा है; किन्तु उसे कहीं कोई पेड़ नहीं मिलता। वह रो पड़ता है, पैरों की जलन से पीड़ित होकर चीख उठता है, उसके शरीर से पसीने की धारें छूट पड़ती हैं, किन्तु उस जलते हुए रेगिस्तान में उसे कहीं नखलिस्तान नहीं मिलता। इतनी देर में उसके मस्तिष्क में दृश्य बदल जाता है और वह अपने को रेलवे स्टेशन के बाहर खड़ा हुआ पाता है। स्टेशन के पास, एक तरफ, लोहे के शहतीर और लकड़ी के स्लीपर बिखरे पड़े हैं और पास में ही कोयले की राख का और कूड़े का एक बहुत बड़ा ढेर पड़ा हुआ है। पास ही एक छोटा-सा तालाब है जिसके चारों ओर पेड़ों के झुरमुट खड़े हुए हैं। वह जानवरों की तरह मुंह झुकाकर अपने होंठ पानी की सतह पर लगा देता है और गटगट पानी पीने लगता है और इतना पानी पी जाता है कि उसका पेट फटने लगता है।.......पानी पीकर वह पेड़ों को देखने लगता है तो उसके सामने 'गोल बाग' आ जाता है जहां वह स्कूल के ज़माने में अपने साथियों के साथ क्रिकेट खेलने जाया करता था...वह बाग में से अकेला जा रहा है, शाम हो चुकी है, चारों ओर हल्का-हल्का अंधेरा फैल गया है और वह घर पहुंचने के लिए जल्दी-जल्दी चल रहा है—लगभग दौड़ रहा है। उसके दिल में भय समाया हुआ है कि अगर उसका बाप, जो हर रोज़ शाम को निबटने के लिए घर आता है, उससे पहले घर पहुंच गया तो उसकी खैर नहीं। लेकिन अभी तो हाथी दरवाज़े तक बहुत फासला पड़ा है। बाग में से निकलकर वह लकड़ी की टालों के सामने से गुज़रता है। फिर कई

तन्दूर आते हैं...ओह! ये तन्दूर उसके बाप की दुकान के मुकाबले में कितने गन्दे हैं! इनके मुकाबले में उसके बाप की दुकान तो एक महल लगती है। आगे सब्ज़ीवालों की कितनी ही रेहड़ियां खड़ी हैं। रेहड़ियों पर गोभी, शलजम, प्याज, गाजर, मटर, टमाटर आदि सब्ज़ियां रखी हुई हैं। रेहड़ियां आम तौर पर तीन पहियोंवाली हैं। पहियों के ऊपर एक चौकोर कटहरा-सा लगा हुआ है जिसके बीच में सब्जियों की टोकरियां रखी हुई हैं। ये कटहरे कुंजड़ों ने उन औरतों से सब्ज़ी बचाने के लिए लगाए हुए हैं जो सब्ज़ी खरीदने के बाद एकाध चीज़ मुफ्त में उठा लेना अपना जन्मसिद्ध अधिकार समझती हैं। नूर बड़ी तेज़ी से इन सबके पास से निकलकर घर की ओर दौड़ रहा है। वह रास्ते में कुलियों के एक गिरोह को देखता है जो अपनी-अपनी कमर पर भारी-भारी बोरियां लादे हुए धीरे-धीरे चल रहे हैं। उनका सांस धौंकनी की तरह चल रहा है, उनके पांव कीचड़-मिट्टी में सने हुए हैं और शरीर से पसीना बुरी तरह बह रहा है। सामने से किसी हिन्दू की अर्थी आ रही है। शव लाल कपड़े में लिपटा हुआ है जिसपर सुनहरी तारे कढ़े हुए हैं। चार आदमी अपने कन्धों पर अर्थी को उठाए हुए बड़ी तेज़ चाल से चल रहे हैं। उनके पीछे-पीछे बहत-से लोग आ रहे हैं। वे बोलते जा रहे हैं, 'राम-नाम सत्य है।' उनकी आवाज़ भारी और टूटी हुई है। नूर डरा-सहमा, बड़ी तेज़ी से, अर्थी से जितना दूर हो सकता है उतना दूर होकर आगे बढ़ गया है। उसने सुन रखा है कि जब कोई हिन्दू मर जाता है तो स्वर्ग में जाने से पहले वह कुछ दिनों तक भूत बनकर ज़मीन पर इधर-उधर भटकता रहता है। इसका दिल सहमा हुआ है कि यह जो मुर्दा ले जाया जा रहा है, इसका

भूत यहीं कहीं मंडरा रहा होगा और अगर वह पीछे मुड़कर देखेगा तो हो सकता है वह भूत उसे चिमट जाए। इस डर से वह पीछे मुड़कर नहीं देखता और बड़ी तेज़ चाल से आगे बढ़ता जा रहा है। भूत के डर के मारे वह सीधा घर जाने की बजाय अपने बाप की दुकान की तरफ दौड़ पड़ता है। बाप की आंखें उसे देखते ही चढ़ जाती हैं, उनमें से मानो अंगारे निकलने लगते हैं। वह नूर को देखते ही गरज उठता है, 'अबे! कहां फिर रहा है तू?' धुएं से भरी हुई मिट्टी के तेल की लालटेन की रोशनी में वह अपने बाप को देखता है। उसके बाप का चेहरा क्रोध के मारे लाल-पीला हो रहा है और चेहरे पर से पसीना बह रहा है। बाप को यह विकराल मूर्ति देखकर नूर के होश उड़ जाते हैं। 'अबे! तेरे जूते कहां हैं, सूअर? कहां खो दिए हैं तूने अपने जूते? तू कहां धूल चाटता हुआ फिर रहा है?' चौधरी हाथ में एक रस्सी पकड़कर उसे मारने के लिए उसकी ओर झपट रहा है। एक ग्राहक नूर को अपने हाथों में छिपा लेता है और कह रहा है, 'कोई बात नहीं, चौधरीजी। अब जाने भी दो। आखिर बच्चा ही तो है। इसे माफ कर दो।' इसपर चौधरी वापस अपनी जगह बैठ जाता है और मिठाई के थालों पर से मक्खियां उड़ाने लगता है। किन्तु वह बराबर कहे चला जा रहा है, 'आखिर, इस लड़के के होने से मुझे क्या फायदा है? सारा दिन हरामज़ादा आवारा फिरता रहता है, जैसे मैं कोई लखपती हूं और इसे कोई काम-धन्धा करने की कोई जरूरत ही नहीं। इसके दिमाग में कभी यह खयाल नहीं आता कि घण्टे दो घण्टे दुकान पर आकर मेरी मदद कर जाया करे। और ऊपर से जूते खो आता है। अबे, कहां खोकर आया है तू अपने जूते?' नूर बाप का क्रोध देखकर थरथर

कांपने लगता है और रोने लगता है और सुबकियां भरने लगता है। डर के मारे उसके मुंह से कोई जवाब नहीं निकलता। उसे लगता है कि उस हिन्दू का भूत उसके बाप को चिमट गया है और अब वह स्वयं उसका पीछा करेगा और अंधेरी गली में उसे दबोचकर जान से मार डालेगा। उसे चुप देखकर चौधरी का क्रोध फिर उबल पड़ता है और सहसा अपनी जगह से उठकर चौधरी उसपर टूट पड़ता है। वह गरजता जा रहा है, 'बोलता क्यों नहीं सूअर के बच्चे? जवाब क्यों नहीं देता हरामजादे?' और थप्पड़ और घूंसे नूर पर बरसाता जा रहा है। यहां तक कि उसे उसके बाप की क्रोधाग्नि से बचाने के लिए सारा बाज़ार इकट्ठा हो जाता है। जिस ग्राहक ने उसकी रक्षा की थी, वह उसे घर छोड़ जाता है।...नूर अब भी ज़ोर-ज़ोर से रो रहा है। लज्जा और ग्लानि के मारे वह किसीको मुंह नहीं दिखाना चाहता। न ही वह किसी और का मुंह देखना चाहता है—अपनी दादी का भी नहीं। वह तो सिर्फ यह चाहता है कि चुपके से बिस्तर में घुसकर सो जाए...लेकिन बाहर तो खूब धूप खिली हुई है और हवा बड़ी ताजा मालूम हो रही है... (ऐं! यह क्या था?...)

नूर हड़बड़ा उठा और एक तेज़ झटके के साथ उसने आंखें खोल दीं। झटका इतना तेज़ था कि उसके भारी पपोटों के नीचे उसकी पुतलियां व्याकुल हो उठीं और सिर के पिछले हिस्से में उसे बड़े ज़ोर का दर्द महसूस हुआ। उसने देखा कि उसका दोस्त गामा उसकी चारपाई के पास खड़ा हुआ है। गामा का शरीर तगड़ा, कद लम्बा और रंग काला है। वह नूर में साथ पहली कक्षा में प्रविष्ट हुआ था और पांचवीं कक्षा तक दोनों साथ-साथ पढ़े थे। पांचवीं में गामा फेल हो गया था, इसलिए वह पीछे रह गया था। बाद में भी दो-तीन

साल तक गामा पांचवीं कक्षा में बराबर फेल होता रहा। अन्त में उसने पढ़ाई छोड़ दी और कुछ दिनों के बाद वह फतहअली ठेकेदार का तांगा किराये पर चलाने लगा।

"बेटा! अभी तक सो रहे हो?" गामा ने अपनी भारी आवाज़ में कहा। "अब कैसी तबीयत है तुम्हारी? मैं इधर से गुजर रहा था, सोचा, ज़रा तुम्हारा हाल-चाल पूछता चलूं।"

"आओ, आओ," नूर ने धीमी आवाज़ में कहा, "बैठो। मैं सो थोड़े ही रहा था, यूंही ज़रा झपकी-सी आ गई थी—अजीब अजीब सपने-से आ रहे थे, कुछ पुरानी यादें दिमाग में दौड़ रही थीं। भई, अजीब बात है कि अभी-अभी दिमाग अपने पुराने स्कूल के चक्कर काट रहा था!"

"और मैंने खिड़कियां खोल दी और धूप को उस तपोभूमि में आने दिया।" गामा ने कहा। इस समय उसकी आंखों में शरारत नाच रही थी। इसके बाद वह चारपाई के एक सिरे पर बैठ गया और सिर को थोड़ा झुकाकर धीमे स्वर में बोला, "भाई, पढ़ाई में क्या रखा है? वक्त की बर्बादी है।" वह पढ़ने-लिखने में असफल रहा था, उसके मन में इस कारण ग्लानि थी और इसी कारण उसके मन में इस समय कुछ संताप की भावना थी। किंतु, साथ ही, जब से उसने तांगा चलाने का काम शुरू किया था, तब से उसके मन में शिक्षा के प्रति सचमुच घृणा उत्पन्न हो गई थी। इस घृणा की भावना के कारण वह इस समय कुछ उद्दंड भी हो रहा था।

नूर ने शिक्षित व्यक्ति की सी गम्भीर मुद्रा में उत्तर दिया, "भई, बात यह है कि शिक्षा का अर्थ है योग्यता, और योग्यता का अर्थ है शरीर और मस्तिष्क के विकास में समन्वय। यह समन्वय

ज्ञान द्वारा ही प्राप्त किया जा सकता है, और ज्ञान ही शक्ति है—लेकिन, बस, आदमी के पास सिफारिश पूरी होनी चाहिए।" इतना कहकर नूर कुछ इस ढंग से मुस्कराया जैसे वह अपनी बात पर स्वयं ही लज्जित हो उठा हो। उसकी मुस्कराहट में क्षमा-याचना का भी भाव था। उसे डर था कि शिक्षा पर उसके द्वारा कसे गए हल्के-से व्यंग्य के बावजद गामा शायद यह सोच बैठे कि नूर उसके सामने अपने ज्ञान की डींग मार रहा है। गामा यद्यपि सैकड़ों एम० ए० पास लोगों की अपेक्षा ज़्यादा पैसा कमा रहा था, किंतु नूर जानता था कि इस बात के बावजूद गामा के मन में हीनता की भावना है, क्योंकि आम लोग बी० ए०, एम० ए० डिग्रियों को बहुत अधिक महत्त्व देते हैं। इसके अतिरिक्त हीनता की भावना का एक और भी कारण था—वह यह कि गामा का पेशा घटियापन और गुण्डेपन के लिए बदनाम था।

नूर ने देखा कि उसके ज्ञान-प्रदर्शन पर बुरा मानने की बजाय गामा सद्भावना के साथ मुस्करा रहा है। नूर ने एक लम्बी सांस खींचते हुए कहा, "भई, तुम ठीक कहते हो, तुम्हारी ही बात सही है।" फिर उसने करवट बदली, मानो सुस्ती दूर करना चाहता हो। गामा के सहसा आ जाने पर वह कुछ विस्मित हो उठा था।

गामा ने हंसकर पूछा, "मास्टर कांशीराम याद हैं तुम्हें? जब हम पांचवें दर्जे में पढ़ते थे..."

नूर भी मुस्करा पड़ा। वह भला मास्टर कांशीराम को कैसे भूल सकता था, जिसने उससे खानदानी दुश्मनी ठान ली थी, क्योंकि मास्टर चाहता था कि नूर क्लाथ-मार्केट के अमीर बच्चों के साथ उसके घर पर पढ़ने आया करे, और नूर प्राइवेट टयूशन के इस

सुनहरी अवसर से लाभ उठाने में असमर्थ था। कांशीराम प्रत्येक विद्यार्थी से दस रुपये महीना लेता था। नूर भला अपने बाप से दस रुपये महीना कैसे मांग सकता था! इसके अतिरिक्त उसे मास्टर कांशीराम से एक और कारण से भी डर लगता था—सारे स्कूल में यह बात फैली हुई थी कि जो लड़के मास्टर कांशीराम के घर पढ़ने जाते हैं, उनके साथ मास्टरजी गंदी-गंदी बातें करते हैं। एक दिन स्कूल की छुट्टी के बाद संयोग से नूर अपना बस्ता समेटते-समेटते क्लास में अकेला रह गया था। उसके अन्य सब साथी स्कूल से बाहर जा चुके थे। मास्टर कांशीराम ने उस समय उसे चूमने की कोशिश की थी। और चूंकि नूर ने उसे ऐसा न करने दिया था इसलिए अगले दिन उसने नूर के हाथों की उल्टी तरफ, अंगुलियों की हड्डियों पर खूब डंडे मारे थे। मास्टर ने उससे अंग्रेजी की किताब में से पाठ पढ़कर सुनाने के लिए कहा था। जब उसने पाठ पढ़कर सुनाया तो कांशीराम गरजकर बोला कि अबे, तेरा उच्चारण सब गलत है। बस, मास्टर के लिए इतना ही बहाना काफी था। नूर के हाथ की हड्डियां चस-चस कर उठीं। अगले दिन नूर ने गामा को सारी बात बतला दी थी और गामा ने उसी दिन दोपहर के समय कांशीराम को गले से पकड़ लिया था और उसे धमकी दे डाली थी कि याद रखो, अगर तमने अपना रवैया ठीक नहीं किया, तो तुम्हें जान से मार डालूंगा। तब कहीं जाकर मास्टर कांशीराम ने नूर को तंग करना छोड़ा था।

गामा ने कहा, "मैं तो कांशीराम को बहुत दफा इधर-उधर आते-जाते देखता हूं। बाल तो उसके सफेद हो गए हैं, मगर आदत नहीं बदली। अब भी लड़कों के पीछे लगा ही रहता है। अफसोस

कि यह पुराना पापी मेरे हाथों से बच गया...।" गामा की आवाज़ में इस समय थोड़ी शेखी भरी हुई थी। उसे उस ज़माने के अपने कारनामे याद आ रहे थे। उन दिनों वह किसी जंगली जानवर की तरह आज़ाद घूमता-फिरता था, सब उसके साहस की प्रशंसा किया करते थे और उससे डरा करते थे। वह उन दिनों किसी मरियल टट्टू की तरह शेख फतहअली के तांगे के साथ थोड़े ही बंधा हुआ था! शेख फतहअली का खयाल आते ही उसकी गर्दन झुक गई और वह जैसे अपने-आपमें सिमट गया।

नूर को महसूस हुआ कि हल्का-हल्का बुखार उसके शरीर को झुलसा रहा है। उसने करवट बदली और चारपाई के पास फलों की एक टोकरी रखी देखकर बोल उठा, "अरे भई, यह क्या? यह क्यों ले आए तुम?"

गामा ने कहा, "कोई बात नहीं, भाई! तुम अच्छे हो जाओ। फिर टंडे लाट की ऐसी-तैसी। भई, तुम भी तो छुट्टियों में मुझे अपनी कापी में से सवाल नकल कर लेने दिया करते थे—अरे, तुम्हें याद है, जब एक बार मेरे बाप ने नकल करते हुए मुझे पकड़ लिया था, और मार-मारकर उसने मेरी हड्डियां तोड़ डाली थीं, और मैं कलकत्ता भाग गया था..." गामा हंस पड़ा।

"हां, हां, मुझे खूब याद है," नूर ने मुस्कराकर उत्तर दिया।

किन्तु इस समय वह गामा के कष्टों की अपेक्षा अपने कष्टों को अधिक याद कर रहा था। आज उसे वे दिन कितने दूर लग रहे थे—यद्यपि उस ज़माने में तो ऐसा लगता था जैसे ये दिन कभी भी समाप्त न होंगे—जब वह लम्बी, तंग, अंधेरी, गलियों में से होकर, जिनकी सड़कों में बड़े-बड़े गड्ढे पड़े हुए होते थे, घर से स्कूल और स्कूल से घर

आया-जाया करता था। इन गड्ढों में वर्षा के दिनों में पानी भर जाता था और सड़कों पर कीचड़ ही कीचड़ हो जाता था। कई बार आमने-सामने से आनेवाले ठेले या छकड़े इन गड्ढों में फंस जाते थे और सारा यातायात घंटों तक रुक जाता था। उसे याद आया कि उसके वे दिन किस तरह अकेलेपन में गुज़रते थे। हां, जो थोड़ा-बहुत समय खेलने के लिए मिल जाता था उससे उसका दुःसह अकेलापन कुछ देर के लिए दूर हो जाता था। कभी-कभी, बीच-बीच में, मेले आ जाते थे जिनमें उसे उसकी दादी ले जाया करती थी। उसे याद आया कि बचपन में जिन्नों, भूतों और चुड़ैलों का कितना भारी भय उसके मन पर छाया रहता था। कुरान में उसने पढ़ा था कि शैतान इन भटकी हुई आत्माओं पर हुकूमत करता है, ये सब आत्माएं उसीके हुक्म में चलती हैं। उसे याद आया कि वह थोड़ा बड़ा होकर किस तरह किताबों की कमी और अच्छे दोस्तों की कमी महसूस करने लगा था और फिर उसे अपने बाप की शोचनीय आर्थिक स्थिति का ज्ञान हुआ और उसे महसूस हुआ कि उसके जीवन की वे कमियां उसके बाप की निर्धनता के कारण हैं। उसके जीवन के वे दिन कितने नीरस, कितने शुष्क और कितने अर्थहीन थे—उन दिनों उसके मन में एक ही इच्छा रहती थी कि किस तरह, जल्दी से जल्दी, वह बड़ा हो जाए, क्योंकि उसे महसूस होता था कि जवान होने पर ही आदमी को सम्मान मिलता है, प्रतिष्ठा मिलती है।

नूर पुरानी यादों में खोया हुआ था कि अचानक उसे याद आया कि गामा उसके पास बैठा हुआ है। उसने कहा, "मुझे आज सवेरे से अचानक एक पुरानी नज़्म याद आ रही है।"

"कौन है रे? कौन बात कर रहा है तेरे साथ?" सीढ़ियों के

ऊपर से नूर की दादी की आवाज़ आई, "तेरा वालिद है क्या तेरे पास?"

"नहीं, दादी..." नूर ने उत्तर दिया।

"दादी, मैं हूं गामा," गामा ने ज़ोर से पुकारकर कहा, ताकि नूर को उत्तर देने के लिए चिल्लाना न पड़े। फिर उसने यह देखने के लिए अपने बीमार दोस्त पर निगाह डाली कि उसके चिल्लाने के कारण उसके दोस्त को परेशानी तो नहीं हुई है।

नूर का चेहरा पीले-से प्रकाश से चमक रहा था, किन्तु उसकी आंखें कहीं बहुत दूर देख रही थीं। ऐसा लग रहा था जैसे दोस्त के आने से उसके हृदय में जीवन की एक नई लहर दौड़ गई है, किन्तु फिर भी, जैसे वह किसी के आने या न आने के सम्बन्ध में उदासीन है। उसके कालेज के ज़माने के दोस्तों में से भूले-भटके ही कभी कोई उससे मिलने आता था। इसलिए गामा के आगमन से जैसे उसके सारे शरीर में स्फूर्ति-सी दौड़ गई थी।

गामा ने पूछा, "भई, सच बताओ, मेरे बैठने से तुम्हें थकावट तो नहीं हो रही है?"

नूर ने मुस्कराते हुए इन्कार में सिर हिला दिया।

"अच्छा तो बतलाओ, तुम्हें कौन-सी नज़्म याद आ रही थी?" गामा ने मुस्कराकर पूछा।

नूर ने उर्दू कवियों के से लहजे में कहा, "सुनिए, अर्ज किया है—'एम० ए० बनाके क्यों मेरी मिट्टी खराब की..."' यह लाइन सुनाकर नूर ने अचानक आंखें मूंद-सी लीं और मुंह के पट्ठों को काबू में लाने की कोशिश करने लगा, क्योंकि कमजोरी के कारण उसके मुंह से और शब्द निकल ही नहीं पा रहे थे। उसे अपने ऊपर

बड़ी दया आई और आत्मग्लानि के कारण उसकी आंखों में आंसू छलक आए। किन्तु वह नहीं चाहता था कि उसकी दुर्बलता गामा के सामने प्रकट हो। उसने ज़ोर से दांत भींच लिए—मानो वह कोई बहुत कड़वी दवा पी गया हो और दवा की कड़वाहट उसके शरीर को ऐंठ रही हो। किन्तु उसे वास्तव में इस समय ऐसा लग रहा था जैसे उसका शरीर अन्दर से एकदम खोखला होता जा रहा है—खोखला, खाली-खाली और खुश्क। जैसे उसके शरीर में से जान निकलती जा रही है।

गामा कुछ क्षणों के लिए चुप बैठा रहा ; फिर बिस्तर पर ज़रा झुककर उसने अपना भारी हाथ नूर की छाती पर रख दिया।

नूर ने हाथ उठाकर अपने दोस्त को छूना चाहा, किन्तु उससे हाथ न उठ सका। एक लम्बी सांस लेकर उसने आंखें बन्द कर लीं। थोड़ी देर में उसपर तंद्रा-सी छा गई और वह पुनः स्मतियों के लोक में पहुंच गया।

उसके मानसिक नेत्रों के सामने आमों का वह बगीचा आ गया जहां वह गामा के साथ जाया करता था। गामा का व्यवहार उसके प्रति बड़ा मधुर और स्नेहपूर्ण था। वह मालियों से आमों के टोकरे लेकर उसे दे दिया करता था। किन्तु वह दूसरों के प्रति बड़ा उद्दण्ड था। शक्ति की बहुलता के कारण ही कई बार वह दूसरों को खाहमखाह पीट दिया करता था। स्कूल छोड़ने के बाद—बल्कि उससे पहले भी—उसके गुंडेपन की और मार-पिटाई की कहानियां दूर-दूर तक फैल गई थीं। शहर के सबसे बदनाम हिस्से में उसका बाप सब्जी की एक छोटी-सी दुकान करता था। इसलिए भी उसका नाम बदनाम था। नूर अपने दोस्त के बारे में यह सोच

ही नहीं पाता था कि उसके अन्दर कहीं कोई अच्छाई छिपी हो सकती है। वह सदा उसके गुंडेपन से डरता रहता था। गामा का लम्बा-चौड़ा, बेडौल, भद्दा शरीर भी नूर के मन में डर पैदा करता था। फिर, बरसों की आवारागर्दी के बाद, उसने जो पेशा अपनाया था वह भी नूर के मन में उसके प्रति कोई आदर की भावना उत्पन्न नहीं करता था। नूर को याद आया कि कालेज जाते-आते समय वह किस तरह गामा से कन्नी काटने की कोशिश किया करता था, ताकि कहीं वह स्वयं भी बदनाम न हो जाए। किन्तु इस समय उसे महसूस हो रहा था कि उसकी अपनी श्रेष्ठता और उच्चता और बड़ाई सब खाक में मिल गई हैं।

"नूर, प्यारे, डाक्टर को बुला लाऊं क्या?" गामा ने भर्राए हुए गले से पूछा।

"नहीं, नहीं, बस तुम थोड़ी देर मेरे पास बैठे रहो और मुझसे बात करते रहो। लेकिन भाई, यह देख लो कि तुम्हारी कमाई में नुकसान न पड़े।" नूर ने आग्रहपूर्वक कहा, "डाक्टर तो रोज़ सवेरे आता ही है। वह बस आनेवाला ही होगा। उसके आने के बाद तुम बेशक चले जाना।"

गामा ने पूछा, "सच बतलाओ, तुम्हारी तबीयत ठीक है ना?"

"हां, हां, ठीक है," नूर ने कुछ कृत्रिम-से स्नेह के साथ उत्तर दिया। गामा की मित्रता और स्नेह को वह अब भी पूरी तरह स्वीकार करने में अपने को असमर्थ पा रहा था। अपनी उदासीनता को छिपाने के लिए जैसे उसने बहाना बनाया, "बात यह है भई, तुम जानते हो, मुझ थकावट बहुत हो जाती है—मुझे ऐसा महसूस होने लगता है जैसे मेरी कमर के दो टुकड़े हो गए हों।"

किन्तु ये शब्द कहते हुए भी वह अन्दर से जानता था कि लिहाफ में से हाथ निकालकर गामा के हाथ में हाथ न देने का कारण यह नहीं था कि वह गामा के प्रति उदासीन था; बल्कि वास्तविक कारण यह था कि दुनिया के कटु अनुभवों ने, उसके टूटे हुए सपनों ने, और जीवन की घोर निराशा ने उसके हृदय को कठोर बना दिया था— कठोर, भावनाविहीन, स्नेहशून्य और सारे संसार के प्रति विरक्त और उदासीन।

गामा को महसूस हुआ जैसे नूर कहीं बहुत दूर पहुंच गया है। उसके और अपने बीच की दूरी को मिटाने के लिए गामा ने बात को घुमाते हुए कहा, "मगर बड़े ताज्जुब की बात है जो तुम यह कहते हो—'एम० ए० बनाके क्यों मेरी मिट्टी खराब की?' तुम तो कालेज बड़े शौक से जाते थे। मैं..." इतना कहकर वह रुक गया। वह कुछ कहना चाहता था, लेकिन उसने कहा नहीं। वह कहना यह चाहता था कि—'अगर्चे स्कूल छोड़कर मैं घाटे में नहीं रहा, लेकिन काश! अगर मैं भी कालेज में पढ़ सकता तो कितना अच्छा होता! उस सूरत में रोटी कमाने के चक्कर से कुछ सालों तक तो छुटा रहता। और फिर कालेज में पढ़ने का यह कितना बड़ा फायदा होता कि जो चाहता करता! 'स्टुडेंट' बनकर आदमी बुरा-भला जो चाहे करे, उसे कोई कुछ नहीं कह सकता। काश! उसने भी कालेज में कुछ साल मौज से गुज़ारे होते!'

"हां भाई," नूर ने कहा; और फिर वह समझ गया कि गामा आगे क्या कहना चाहता था, इसलिए गामा का दिल रखने के लिए उसने आगे कहा, "भई, बात यह है कि आदमी को वही चीज़ महान लगती है जिसे वह प्राप्त न कर सका हो। लेकिन सचाई

यह है कि जो आदमी गरीब है वह कुछ नहीं कर सकता। अमीरों के लड़के नित नये फैशन चलाते हैं। अगर तुम भी उन्हींकी तरह फैशन न करो तो वे तुम्हें ओछा और घटिया समझकर तुमसे कन्नी काट जाएंगे। सच पूछो तो अपने को धन्नासेठ जतलानेवाले लोग जितने घमंडी और असभ्य होते हैं...” इतना कहकर उसने अधीरता और असंतोष से मुंह भींच लिया। अपनी गरीबी का खयाल आते ही उसके चेहरे पर घृणा व ग्लानि के भाव उभर आए। उसका मुख विकृत हो उठा। न जाने कितनी बार उसे अमीरों के बेटों के हाथों अपमानित होना पड़ा था—क्योंकि चाहे वह पढ़ाई में कितना ही होशियार था, किन्तु वह एक साधारण हलवाई का बेटा था। अपने अपमान और तिरस्कार की कितनी ही घटनाएं उसे याद आईं और वह विह्वल और व्याकुल हो उठा।

कुछ क्षणों के लिए वह परेशान बनकर लेटा रहा। फिर उसे ऐसा लगा जैसे उसकी कनपटियों पर कोई हथौड़ी मार रहा हो। उसने आंखें दूसरी तरफ घुमाकर अपने को शान्त करने का प्रयास किया। उसकी आंखें अनायास ही कमरे की छत पर टिक गईं। वहां मोटे-मोटे जाले लटके हुए थे जिनमें धुएं की मोटी-मोटी परतें जम गई थीं। उसका ध्यान इन जालों में अटक गया। उस समय उसका चेहरा बच्चों जैसा प्यारा, आकर्षक और भोला लगने लगा—जैसे उसने कभी किसी दुःख या कष्ट को अनुभव न किया हो।

फिर उसने मुस्कराते हुए मौन तोड़ा, “आखिर खुदा-खुदा करके उस स्कूल के जेलखाने से रिहाई हुई। वहां तो हर वक्त पिटाई का डर भूत की तरह चढ़ा रहता था। मगर कालेज को तो हवा ही और थी। कालेज में लड़कों की पिटाई थोड़े ही होती है।

वहां तो प्रोफेसर लोग स्टुडेंट्स को जैटलमैन समझते हैं और उसी तरह का उनके साथ बर्ताव करते हैं। वे दिन ऐसे थे जैसे शायर 'आज़ाद' ने कहा था—'सुनहरी बहार, जिसकी रंगीन रातों और दिनों के बागों से मैंने न जाने कितने रंगीन फूल तोड़े।'"

"ओह! तुम्हारा मतलब उस आज़ाद से है जो हमेशा साहब बना रहता था? वह जो तुम्हारा बड़ा दोस्त था, हैल्थ अफसर का बेटा, जो पागल हो गया था चूंकि डिप्टी-कलक्टर न बन सका था? या तुम्हारा मतलब उस शायर से है जिसका नाम 'मौलाना मुहम्मद हुसेन आज़ाद' था?" गामा ने पूछा। उसकी आवाज़ में हल्का-सा मज़ाक था।

नूर ने उदास होकर कहा, "मेरा मतलब तो अपने दोस्त 'आज़ाद' से ही है। उफ! यह कितने अफसोस की बात है कि उसका दिमाग खराब हो गया! तुम्हें पता ही है कि वह कैसे कमाल का आदमी था..."

कमाल का तो था ही; और जहां तक मेरा खयाल है, वह इसीलिए पागल हुआ।" गामा ने कुछ विद्वेषपूर्ण लहजे में कहा। आज़ाद के साथ नूर की गहरी दोस्ती होने के कारण गामा आज़ाद से बड़ी ईर्ष्या करता था।

"नहीं, नहीं, यह बात नहीं थी," नूर अपने दोस्त की सफाई देने के लिए कुछ विह्वल हो उठा। "कालेज में अकेला वही था जिसे मैंने दोस्त बनाया था। और मैं दावे से कह सकता हूं कि सचमुच उसका दिमाग बड़े गज़ब का था...उसे तो लोगों ने, और बैलों जैसी हमारी ज़िन्दगी और हमारे समाज ने पागल बनाया..." नूर कुछ और भी कहना चाहता था, किन्तु उसने अपने दोस्त के पक्ष में कुछ अधिक

कहना उचित न समझा और चुप हो गया। साथ ही थककर वह पुनः धीरे से तकिये पर लेट गया। उसे खांसी उठ आई। वह अपने होंठ चबाने लगा और मुंह में भरे हुए झागों को सटकने की कोशिश करने लगा।

गामा उसकी छाती को धीरे-धीरे मलने और सहलाने लगा। उसके चेहरे को देखकर वह कुछ डर-सा गया। किन्तु कुछ ही क्षणों में नूर ने आंखें खोल दी, और कई लम्बे-लम्बे सांस लिए और थोड़ी देर तक आराम से, चुपचाप लेटे रहने के बाद, वह मुस्कराकर बोला, "पिछले कई दिनों से कुछ ऐसा हो रहा है कि कई बार इस तरह सांस घुट जाता है। वैसे कल तो सांस ठीक चलता रहा, लेकिन पता नहीं आज क्यों सांस लेने में दिक्कत हो रही है।"

गामा ने तसल्ली देते हुए कहा, "फिक्र मत करो, नूर! आराम से लेट जाओ।"

"मैं ठीक हूं," नूर ने धीमे स्वर में कहा, "बात यह है कि मैं बेचारे आजाद के बारे में तुम्हें ज़रूर कुछ कहना चाहता हूं। यह सही है कि तुमने कभी उसे पसन्द नहीं किया, इसीलिए तुम कभी उससे मिलना-जुलना पसन्द नहीं करते थे। जिस तरह की हमारी ज़िन्दगी है, उसीने असल में उसे पागल बनाया...मुझे याद है कि जब पहले दिन मैंने उसे खाकी कमीज़, खाकी नेकर और खाकी पोलो-हैट पहने, एक पुरानी-सी साइकल पर कालेज आते हुए देखा, तो मुझे भी वह कुछ ऐसा ही लगा था जैसा तुम कह रहे हो। छोटा-सा, लेकिन कितना बेचैन! चूंकि कालेज का पहला दिन था इसलिए बड़ी क्लासों के लड़के फर्स्ट-ईयर के लड़कों का उल्लू बना रहे थे। जब वह प्रिंसिपल साहब से मिलने उनके कमरे में गया तो लड़कों ने

उसकी साइकल और उसका हैट छिपा दिया। फिर जब वह कमरे से बाहर निकला और अपनी चीज़ें ढूंढ़ने लगा तो लड़कों ने उसका बड़ा मज़ाक उड़ाया और खूब शोर मचाया। उनकी आंखों से उसने समझ लिया कि चीजें उन्होंने ही छिपाई हैं। उसने मुस्कराकर उनसे अपनी चीज़ें वापस मांगीं। लेकिन उन्होंने कहा, हमने तुम्हारी चीजें नहीं उठाई हैं। और उसका मज़ाक उड़ाते रहे। अगर तुम वहां होते तो तुम्हें भी उसकी हालत देखकर अफसोस होता। लेकिन उसने जो कुछ किया, उसे देखकर तुम भी उसकी तारीफ किए बिना न रहते। जानते हो उसने क्या किया? उसने सबको चेलेंज दे डाला और उनपर अकेला ही टूट पड़ा। लड़कों ने कुछ बेहूदा और गन्दी बातें कह दी थीं। उस वक्त मैंने जैसी उसकी आंखें देखीं, वैसी आज तक किसीकी नहीं देखीं। उसकी आंखों में से जैसे चिंगारियां निकलने लगीं...उसका चेहरा मारे गुस्से के कांपने लगा और वह चीते की तरह उनपर झपट पड़ा...अब चूंकि मैं जानता था कि लड़कों को तुम्हारी-मेरी दोस्ती का पता है, और वे तुम्हारी वजह से मुझपर हाथ नहीं उठाएंगे, इसलिए मैंने बीच में पड़कर उसे बचा लिया और जहां उसकी चीज़ें रखी थीं वहां ले गया और उसने अपनी चीज़ें ले लीं। उसी दिन से हम दोस्त बने थे। लोगों ने बाद में खाहमखाह, शरारत की वजह से, कहना शुरू कर दिया कि हम दोनों ने 'माशूकाना साजिश' कर रखी है। यह बात बिलकुल नहीं थी। वह सचमुच बड़ा मुहब्बती लड़का था..."

गामा को साल-भर पहले की एक घटना याद आ गई जब उसने भरे बाजार में आज़ाद का मज़ाक उड़ाया था। अपने दिल पर हाथ रखकर और लम्बा सांस खींचकर वह ज़ोर से चिल्लाया था,

'हाय, बाबूजी!' और इस तरह का उसने अभिनय किया था मानो कोई हताश प्रेमी अपनी प्रेमिका के लिए तड़प रहा हो।

"उसे भाषण देने का भी बड़ा शौक था," नर कुछ स्मरण करता हुआ बोला। उसे उस समय वह दिन याद आ रहा था जिस दिन आज़ाद कालेज की 'भाषण-प्रतियोगिता' में प्रथम आया था। उसका भाषण सुनकर नूर का हृदय उत्साह और उल्लास से भर उठा था और उसकी एकाकीपन की घुटन दूर हो गई थी। आजाद ने अपने भाषण को जिस स्वर में और जिस जोश के साथ समाप्त किया था, वह नूर के हृदय पर आज तक अंकित थे।

नूर ने खोए-खोए से लहजे में कहा, "दोस्त, आज़ाद ने भाषण के अन्त में कहा था कि सारी दुनिया खुशी की तलाश में है।..."

"तो फिर?" गामा ने नूर की बात काटी।

यह भाषण-प्रतियोगिता छः बरस पहले हुई थी। किन्तु आज़ाद के भाषण के अन्तिम शब्द आज भी नूर के कानों में गूंज रहे थे। नूर इन शब्दों पर अटक गया और आकुल हो उठा। वह इस समय उन सब वाक्यों को दोहराना नहीं चाहता था—शायद गामा मज़ाक उड़ाए—किन्तु फिर भी वह अपने को न रोक सका।

"सारी दुनिया खुशी की तलाश में है," नूर ने ऊंची आवाज़ से दोहराया। गामा के भाव उसकी आंखों में झलक रहे थे। नूर उन्हें देखकर समझ गया कि यदि गामा मज़ाक न भी उड़ाएगा तो इतनी बात तो बिलकुल तय है कि आज़ाद के विचार उसकी समझ में तो कतई नहीं आएगे। "सारी दुनिया खुशी की तलाश में है। हर आदमी दौलत, शान-शौकत और हुकूमत हासिल करना चाहता है। लेकिन मैं कहता हूं, समाज जिस तरीके से अपनी नेमतों का

बंटवारा करता है वह गलत और बेहूदा है, वह बेवकूफी का तरीका है। समाज का कोई आदर्श नहीं है, कोई सिद्धान्त नहीं है। जो आदमी पैसा कमा लेता है उसीकी यहां पूजा होने लगती है, चाहे वह चोरी से पैसा पैदा करे, चाहे चोरबाज़ारी से, चाहे धोखेबाज़ी और बेईमानी से। यही लोग समाज के कर्ता-धर्ता हो जाते हैं। ये लोग, जिनकी आत्माएं मर चुकी हैं, ये मौत को भुला बैठे हैं। ये भूल गए हैं कि मौत का नासूर इनके अन्दर हर वक्त बढ़ रहा है, इनकी तबाही के जर्म खुद इनके अन्दर मौजूद हैं और हरदम बढ़ते जाते हैं, और यह नासूर आखिर इन्हें दबोचकर रहेगा, ये जर्म इन्हें खा जाएंगे, और ये लोग ज़्यादा दिनों तक हराम की कमाई हुई दौलत पर मज़े नहीं उड़ा सकेंगे।"

नूर ने रुककर गामा पर निगाह डाली। वह देखना चाहता था कि गामा उसकी बात ध्यान से सुन रहा है या नहीं। उसने महसूस किया कि गामा कुछ बहुत दिलचस्पी से उसकी बात नहीं सुन रहा। फिर भी नूर ने अपनी बात जारी रखी—जैसे वह अपने-आपसे ही ऊंचे स्वर में बातें कर रहा हो :

"उसके बाद आज़ाद ने कहा था—'दोस्तो! आप शायद कहेंगे कि मरना तो सभीको है। ठीक है, मैं मानता हूं कि सभीको एक न एक दिन मरना है। लेकिन मौत से बचने के लिए दो रास्ते हैं। एक रास्ता तो उन लोगों का है जो इसे भूलने की कोशिश करते हैं। ये लोग असल में मौत के व्यापार में पूंजी लगाते हैं। ये कायर लोग रिश्वत से, धोखेबाज़ी से, दूसरों का हक छीनकर और ज़ोर-ज़बरदस्ती से काम लेकर धन-दौलत से अंबार जमा करते हैं और इस तरह अपने स्वार्थों को पूरा करने में अपनी आत्मा को काला कर

लेते हैं। लेकिन चूंकि ये लोग आराम और शान्ति के साथ बेईमानी की कमाई का आनन्द नहीं उठा सकते, इसलिए ये लोग—जैसे ये हमारे मारवाड़ी लोग हैं—व्यापार के साथ-साथ धर्म को जोड़े रखते हैं। ये लोग दूसरों की जान लेते हैं, लेकिन अपनी तोंद पर हाथ फेरते हुए बातें धर्म और आत्मा और परलोक की करते हैं। इनके मुकाबले में वे लोग हैं जो अपनी पूंजी जीवन में लगाते हैं। समाज ज़िंदा रहने के लिए सामूहिक रूप से जो संघर्ष करता है और उस संघर्ष का जो सामूहिक फल होता है, ये लोग उसी फल में से अपना सही भाग लेना चाहते हैं। प्रकृति के विरुद्ध मानव जाति ने जो संग्राम छेड़ा हुआ है, ये लोग उसमें जूझना चाहते हैं। ये लोग मौत को जीतने की कोशिश में लगे रहते हैं।...ये लोग...' " नूर इतना कहते-कहते निढाल हो गया और कहने लगा, "अब याद नहीं पड़ता कि आगे आज़ाद ने क्या कहा था।" इस समय उसका चेहरा तमतमाया हुआ था, लेकिन वह बहुत खुश था—जैसे उस प्रभावशाली भाषण की लय पर उसकी आत्मा नाच रही हो। इस समय वह बिलकुल भूल गया था कि वह एक भयंकर रोग में जकड़ा हुआ है जिसमें उसे किसी भी हालत में अपने को उत्तेजित नहीं करना चाहिए। वह अपनी लापरवाही और अपने दुस्साहस पर घबरा उठा।

गामा बोला, "भई, तुमने ठीक ही कहा है—'एम० ए० बनाके क्यों मेरी मिट्टी खराब की?' " गामा ने आज़ाद पर व्यंग्य कसा।

"लेकिन मैं सच कहता हूं," नूर झटककर बोला, "और तुम्हें मेरी बात का विश्वास कर लेना चाहिए, कि आज़ाद का दिमाग इसलिए खराब हुआ कि हमारे मुल्क भारत की घायल आत्मा उसके अन्तर को तड़पा रही थी। हमारे भाग्य में जो निराशा बदी हुई थी, उसे वह

पूरी तरह समझ चुका था। सचमुच वह सब बातों को समझता था, इसीलिए उसका दिल तड़पता था। वह हमेशा इन्हीं बातों को लेकर सोच में डूबा रहता था। उसके अन्दर हर वक्त सवाल उठते रहते थे और उनके जवाब उसे नहीं मिलते थे, और इसलिए उसका मन सदा घुटा रहता था। वह इसी कारण से हर वक्त उदास, दुःखी और व्याकुल रहता था। हम दोनों रोज़ लम्बी-लम्बी सैर किया करते थे और सैर के दौरान में, सारे रास्ते वह यही बातें करता रहता था। देश के अन्दर और हमारे अन्दर असल खराबी क्या है, गड़बड़ कहां है, हम अच्छी तरह इन बातों को समझ रहे थे, लेकिन ताज्जुब इस बात का होता है कि खराबी की जड़ को समझते हुए भी हम उसे दूर करने के लिए कुछ न कर सके, हाथ-पैर तक न हिला सके। यही नहीं बल्कि बेबसी की दलदल में और गहरे धंसते चले गए। खैर, कुछ भी हो, मैं यह ज़रूर कहूंगा कि मैंने तो, भई, उससे बहुत कुछ सीखा है और मैं तो उसका बड़ा ऋणी हूं..."

"जैसे, एक तो अपनी इस बीमारी के लिए," गामा ने खीझ और कड़वाहट के साथ कहा।

"नहीं, नहीं," नूर ने प्रतिवाद करते हुए ज़ोर से कहा, "यह तो मैं मान सकता हूं कि मानव-जाति की गिरी हुई हालत और इसके दुःखों की तरफ मेरा ध्यान दिलाकर उसने मुझे भी बेचैन कर दिया और मेरे दिल में दर्द भर दिया—दर्द और तड़प और असंतोष—लेकिन साथ ही यह भी सही है कि मेरे अन्तर में जो घुटन भरी हुई थी, उसने उसे बाहर निकाल दिया, मेरी आन्तरिक प्रवृत्तियों को (और मुझे पता तक नहीं था कि ये प्रवृत्तियां मेरे अन्दर मौजूद हैं) उसने उभारा और उन्हें मार्ग दिखलाया..." इतना कहकर नूर

ने अपने को फिर रोक लिया। इससे आगे वह कहना चाहता था कि 'आजाद की ही मेहरबानी से मेरा मुंह खुलने लगा, मैं अब जिस तरह खुलकर बातें करने लगा था उस तरह पहले कभी न कर सका था। उसी की कृपा से मैंने हंसना और रोना सीखा, बहुत कुछ पढ़ने और सोचने की प्रेरणा मुझे उसीसे मिली। मेरे जीवन में उसने एक नई लय पैदा की। मेरे अन्दर हर वक्त जो हीनता का भाव रहता था कि मैं एक हलवाई का बेटा हूं, और हीनता के कारण मैं घुटा-घुटा और सबसे अलग-थलग रहता था, अपने को जो एक खोल में बन्द किए रखता था, वह खोल उसीने तोड़ा था, वह घुटन उसीने दूर की थी, वह हीनता का भाव उसीने मेरे अन्दर से बाहर निकाला था।' नूर यह सब कुछ गामा को कह डालना चाहता था, किंतु उसे अनुभव हुआ कि गामा आज़ाद के नाम और उसकी चर्चा से चिढ़ता है, इसलिए यह सब कहना ठीक नहीं होगा। फिर भी गामा के मन में आज़ाद के प्रति जो विद्वेष की भावना थी उसे नूर दूर करना चाहता था। इसलिए इतना तो उसने कह ही डाला, "उसने शायरी और फिलॉसफी[1] में मेरी रुचि पैदा की और इनके नुक्ते मुझे समझाए। उसकी बात करने की शैली विलक्षण थी। जब वह कविता सुनाता था तो उसमें जान डाल देता था, उसकी भावनावों की जागती तस्वीर सुननेवालों के सामने खड़ी कर देता था। चाहे वह हेन के प्रेम-गीतों का पाठ कर रहा हो, या टैगोर के गीतों का, चाहे इकबाल की नज़्में सुना रहा हो या गेटे की कविता, चाहे शेक्सपियर के नाटक 'रोमियो और जूलियट' के पात्र मरकुशियो का नाटकीय लहजा अदा कर

1. दर्शनशास्त्र

रहा हो या डिकेन्स के पात्रों का मज़ाकिया लहजा, या फ्लॉबर्ट के चरित्रों के भाषण का मंजा हुआ लहजा, वह ऐसी आवाज़ में ये सब चीजें सुनाता था कि हर चीज़ की तस्वीर खिंच जाती थी, सुननेवाला उसमें खो जाता था। ये नाम जो मैंने लिए हैं, जैसे तुम्हारे लिए सिर्फ नाम हैं, इससे ज्यादा कुछ नहीं, वैसे ही मेरे लिए भी ये सिर्फ नाम थे, और कुछ नहीं—क्योंकि आज़ाद से पहले 'साहित्य' के नाम पर मैंने कहानियों और निबन्धों की सिर्फ वे दो-चार किताबें पढी थीं जो मैटिक और एफ० ए० में हमारे कोर्स में लगी हुई थीं...मुझे ताज्जुब होता है कि उसने ये सब चीजें न जाने कहां से सीखी थीं..."

गामा ने हंसते हुए कहा, "यह भी तो हो सकता है कि वह इन चीज़ों को असल में जानता तो न हो, सिर्फ बातें बनाना जानता हो और बातों के ज़रिये ऐसा रौब डाल देता हो जैसे उसे बहत कुछ आता हो। डींग मारने में तो वह उस्ताद था ही।"

"नहीं, नहीं," नूर ने प्रतिवाद किया, "बात यह है कि हम लोग तो खाली घंटे कालेज के लॉन में बैठकर गप्पें हांकने में बिता देते थे, या कभी किसीसे मज़ाक किया, कभी किसीको छेड़ा, कभी किसीका उल्लू बनाया। लेकिन आज़ाद कभी इस तरह वक्त खराब न करता था। खाली घंटों में वह किसी सुनसान कोने में जा बैठता और वहां कोई किताब पढ़ता। तुम्हें मालूम ही है कि हमारे स्कूल से मैट्रिक पास करके जो लड़के कालेज में दाखिल हुए थे, उन्होंने मेरी और आज़ाद की दोस्ती के खिलाफ एक गुट बना लिया था। सुरजीत और मथुरा इस गुट के अगुआ थे। उन लोगों की नाराज़गी दूर करने के लिए मैं कभी-कभी उनके बीच में जा बैठता था।

लेकिन सिवाय बेहूदा बातें करने के उनके पास और कुछ न था। किस लड़के को किससे प्रेम है और किस प्रोफेसर का किस लड़की से ताल्लुक है, या यह कि अमुक लड़का अगर इधर आ निकले तो उसे इस तरह तंग करेंगे, उस तरह छेड़ेंगे, या टेनिस और पिंगपौंग खेलने के लिए क्लब में किस वक्त चलना है। आखिर एक दिन मैंने इस गिरोह से किनारा करने का फैसला कर लिया और मैं आज़ाद के पास चला गया जो उस समय कालेज के गुम्बद में बैठा एक नज़्म लिख रहा था। सच पूछो तो आज़ाद ने दुनिया के सही रूप से मुझे परिचित कराया।"

"प्यारे, तुम तो बड़ी जल्दी और बड़ी आसानी से बहकाई में आ जाते हो," गामा ने कहा। गामा के मन में उस समय नूर के प्रति स्नेह का भाव था, आज़ाद के प्रति घृणा का और अपने प्रति हीनता का। "आज़ाद के वे लैक्चर किस काम के? हम तो किसानों-मजदूरों का राज चाहते हैं—जैसा रूस में है। फिर यहां भी वैसी ही हालत हो जाएगी जैसी रूस में है। एक वक्त था जब वहां ज़ार हुकूमत करता था, जैसेकि विलायत का बादशाह हमपर करता था। लेकिन एक दिन लोगों ने उसे गोली से उड़ा दिया। और अब वहां किसानों और मज़दूरों का राज है। ट्रेड यूनियन कांग्रेस की एक शाख है तांगेवालों की यूनियन। मैं तो भई उसका मैम्बर बन गया हूं। हिन्दुस्तान के किसान-मजदूर अब महसूस करने लगे हैं कि अब। हुकूमत इस तरह नहीं चल सकती...कांग्रेस राज मुर्दाबाद!"

"ओए बच्चू! पकड़कर जेल में ठूस दिया जाएगा," नूर ने हंसकर, किन्तु गम्भीरतापूर्वक कहा।

"ऊह! मैं परवाह नहीं करता टुंडे लाट की।" गामा ने अकड़-

कर कहा, किन्तु तुरन्त ही वह झेंप-सा गया और मुस्करा दिया—जैसे अपनी बात पर उसे स्वयं ही विश्वास न हो रहा हो।

नूर थककर खिड़की में से बाहर देखने लगा। किसी मकान की छत पर से किसी पक्षी का एक पंख खिड़की के सामने तैरता हुआ नीचे की ओर खिसक गया। क्षण-भर के लिए उसने धूप को रोक दिया। साथ ही पंख ने धूप के लाल, पीले और नीले रंगों को अलग-अलग करके इन्द्रधनुष की सी चमक पैदा कर दी। नूर ने अनुभव किया कि बाहर जीवन है, किन्तु स्वयं उसके अन्दर जैसे जीवन का रस सूख गया है। एक लम्बे समय से वह निरन्तर शारीरिक कष्ट भोगता चला आ रहा है जा अब असह्य हो उठा है। उसे वे अवसर याद आए जब वह आज़ाद के साथ नहर में कई बार नहाया था। अंतिम परीक्षा की तैयारी के दिनों में वे दोनों बाग में बैठकर पढ़ा करते थे और पढ़ते-पढ़ते थक जाते थे तो निगाहें ऊपर उठाकर वृक्षों की हरियाली और आकाश की नीलिमा को देखकर आंखों और दिमाग को ताज़ा कर लिया करते थे। अब उन्मुक्त, असीम आकाश और पेड़ों की जीवन्त हरियाली का अस्तित्व जैसे उसके लिए समाप्त हो गया था। जिस दिन वह आज़ाद के साथ नहर में स्नान करता था, बाग में बैठकर पढ़ता था, वह दिन उसके लिए कितना सुखद एवं आह्लादकारी होता था! उसके जीवन के अन्य दिन तो मरुस्थल के समान होते थे—न उनमें कोई रस होता था, न कोई आकर्षण, न कोई आनन्द। तेज़ गर्मी जैसे उसकी हड्डियों में से रस चूसे डालती थी और उसके शरीर का आलस्य और थकावट से शिथिल कर देती थी। अब बीमारी के कारण न वह नहर में स्नान कर सकता था, न बाग में जा सकता था। गर्मी उसके शरीर को निर्जीव बनाए दे रही थी।

शायद गर्मी के ही कारण वह आजकल इतना निढाल हो रहा था। 'किन्तु अब इन बातों के बारे में सोचने से क्या फायदा है?' उसने मन में कहा। इन बातों के बारे में सोचने से तबीयत खाहमखाह बेचैन और उदास होती है।'

गामा के साथ बहुत देर तक बातचीत करने से वह अब बड़ी थकावट अनुभव कर रहा था, फिर भी वह गामा की ओर मुड़ा और बोला, "आज़ाद के बारे में तुम्हें कुछ पता है क्या? अभी वह पागलखाने में ही है या अपने घर वापस आ गया है?"

गामा ने कहा, "सुना है कि उसका बाप उसे घर ले आया था, लेकिन उसकी तबीयत में फिर तेज़ी आ गई और वह बहकने लगा और गालियां बकने लगा और फिर उसने गांधी की तरह भूख हड़ताल कर दी और कहने लगा कि जब तक न सिर्फ राजनीतिक कैदियों को बल्कि सारे पागलों को रिहा न किया जाएगा, तब तक वह भूख-हड़ताल जारी रखेगा..."

"भई, तुम तो मज़ाक कर रहे हो," नूर गामा की बात काटकर बोला, "मेरा खयाल है कि उसके बाप पर गवर्नमेंट ने दवाब डाला होगा। काश! वह इतना बेवकूफ न होता! जिन दिनों बड़े-बड़े तीसमारखां भी दबी ज़बान से बातें करते थे, उन दिनों वह खुल्लमखुल्ला सरकारको गालियां दिया करता था। असल में उसकी तबीयत में शुरू से ही ऐसी तेज़ी थी..." और नूर को आज़ाद का तेज़-तर्रार चेहरा याद आया जो हर वक्त बेचैन रहता था। कई बार ऐसा लगा करता था जैसे आज़ाद म्यान में से निकली हुई एक तेज़, चमकती हुई तलवार हो—ऐसी तलवार जो अपने विरोधियों को काटती चली जाती थी। वह सारी दुनिया पर हंसता

था और उसकी हंसी में दुनिया एक रंगीन बुलबुला मालूम होती थी। उसकी बातें सुनकर लोगों का दिमाग चकरा जाता था। उफ! कितने अफसोस की बात है कि ऐसे आदमी का दिमाग खराब हो जाए—चूंकि उसके चारों तरफ की ज़िन्दगी फटेहाल थी, गंवारपन और बदतमीज़ी से भरी हुई थी। काश! वह शायरी ही क्यों न करता रहा? वह राजनीति की कीचड़ में क्यों फंस गया? लेकिन क्या किया जाए? मुल्क के हालात ही ऐसे थे कि कोई हिन्दुस्तानी, जिसके अन्दर सोचने-समझने का और आत्मसम्मान का माद्दा हो, वह राजनीति के मैदान में उतरे बिना रह नहीं सकता था। चारों तरफ जो उदासी और निराशा छाई हुई थी उससे कौन अछूता रह सकता था? उसने बहुत दिनों तक अपना मुंह बंद रखा—लेकिन उसे क्या मिला? जब वह कालेज से निकला तो उसे मालूम था कि सड़क के मोड़ पर मौत उसकी घात में बैठी है...

गामा नूर की लम्बी चुप्पी से कुछ बेचैन हो उठा और जैसे चलने के लिए तैयार होने लगा। उसने कहा, "क्या सोच रहे हो, भई?"

नूर ने थकी-सी आवाज़ में कहा, "यही, पुरानी बातें।"

"लेकिन आज ही, और फिर वह भी सुबह के वक्त, तुम यह सब क्यों सोच रहे हो?" गामा ने दुलराते हुए कहा, "आज तो तुम ज़िद्दी बच्चे की तरह चिड़चिड़े हो रहे हो। दिल हल्का मत करो, हिम्मत और हौसले से काम लो। ठीक हो जाओगे।"

"मेरा बाप चाहता था कि मैं सब सरकारी नौकरियों के लिए दरखास्तें दे दूं," नूर ने फिर बोलना शुरू किया। इस बार उसकी आवाज़ में कड़वाहट भरी हुई थी। "सब नौकरियों के लिए! एक के बाद दूसरी के लिए और दूसरी के बाद तीसरी के लिए। उनका

खयाल था कि मेरे पास एम० ए० की जो डिग्री है वह जैसे सरकारी नौकरियों के स्वर्ग में दाखिल होने के लिए एक टिकट है। और फिर इस आशा में कि मैं जल्दी ही गवर्नमेंट आफ इण्डिया का एक ऊंचा अफसर हो ही जाऊंगा, मेरे बाप ने मेरी शादी कर डाली। शादी के दिनों में यहां जो हंगामा बर्पा रहा, वह देखते ही बनता था। गली-मुहल्ले को औरतें हमारे मकान की छत पर चढ़कर वो अश्लील गाने गाती थीं कि सुनकर तबीयत साफ हो जाए। उधर मेहमान पर मेहमान आते थे और मिठाइयों पर इस तरह टूटकर पड़ते थे जैसे उन्होंने अपनी ज़िन्दगी में कभी मिठाइयों के दर्शन ही न किए हों। मिठाई खा-खाकर उनके पेट फूल जाते थे। मौलवी शहाबुद्दीन का पेट तो फटने को हो जाता था। लोगों का इतना जमघट लगा रहता था कि कहीं बैठने की जगह न मिलती थी। लोगों के पसीने के मारे दम फटा जाता था। यह हुल्लड़ कई दिनों तक चलता रहा। फिर एक दिन बड़े-बुज़ुर्ग दो भेड़ों को कुर्बान करने के लिए ले गए...मैं यह सोच-सोचकर शर्म से गड़ा जा रहा था कि मेरे कालेज के साथी इन दकियानूसी रस्मों को देखकर क्या कहेंगे। लेकिन चौधरी के डर के मारे मैं चुपचाप इन बेहूदा रस्मों को अदा करता रहा। मैं अगर ज़रा भी चूं कर देता, तो चौधरी सारे मेहमानों और गली-मुहल्लेवालों के सामने मेरी वो बेइज़्ज़ती करता कि तौबा ही भली। और वह बेचारी लड़की—इकबाल—हमारे दोनों के बाप हमारी ज़िन्दगियों को मोहरें बनाकर शतरंज का खेल खेल रहे थे। मैं इकबाल के बाप का मोहरा था और इकबाल मेरे बाप का। इकबाल का बाप सोच रहा था कि चूंकि मैं फर्स्ट-क्लास एम० ए० हूं, इसलिए मैं ज़रूर आई० ए० एस० में आ जाऊंगा। और मेरा बाप सोच रहा था कि इकबाल

बहुत अच्छा दहेज लाएगी। लेकिन हुआ यह कि न मैं आई० ए० एस० में आया और न इकबाल अच्छा दहेज लाई। लेकिन यह बात सबको उस वक्त मालूम हुई जब मैं आई० ए० एस० के इन्टरव्यू से लौटा। मैंने इस बारे में तुम्हें आज तक कुछ नहीं बताया था। हुआ यह कि आशा और निराशा के बीच झूलता हआ मैं अपने-आपको एक बेवकूफ की तरह खपाता रहा। मैंने यूनिवर्सिटी में तो अच्छी पोज़ीशन हासिल की थी, उधर की तरफ से तो मुझे कोई फिक्र न थी, लेकिन मुझे डर था कि मेरा खानदान मेरी सफलता के रास्ते में रोड़ा बनेगा। इसलिए मैंने असली बात को छिपाने के लिए एक लम्बी-चौड़ी योजना बनाई। योजना बड़ी अजीब थी—आज उसे याद करके मुझे हंसी आती है...मैंने आज़ाद से उसका सूट और हैट मांगा—क्योंकि मुझे पता था कि मेरा बाप इस बात को कभी न मानेगा कि दूसरे उम्मीदवारों के बढ़िया सूटों की वजह से मुझे भी इण्टरव्यू के वक्त अच्छा-सा सूट पहनकर बोर्ड के सामने पेश होना चाहिए। बाप का खयाल था कि जब मैं एम० ए० पास हूं तो मुझे सूट की ज़रूरत ही क्या है। अब उसे क्या पता कि पब्लिक सर्विस कमीशन उम्मीदवारों को छांटते वक्त इस बात का पूरा खयाल रखता है कि उम्मीदवार देखने में कैसा लगता है, वह पहनावे में पूरा चाक-चौबन्द है या नहीं, और फिर यह कि उसका खानदान ऊंचा है या नहीं, और सबसे बड़ी बात यह कि उसके पास बड़े-बड़े आदमियों की सिफारिशी चिट्ठियां हैं या नहीं। मेरे बाप को क्या मालूम कि वहां पढ़ाई और योग्यता की बजाय इन बातों की ज़्यादा कीमत है। इण्टरव्यू के लिए जाने से पहले मैंने कई बार सूट पहनने का रिहर्सल किया...तुम मुझे सूट में देखते तो दंग रह जाते..."

"तुम तो उस वक्त खालिस कश्मीरी पंडित लग रहे होगे; तुम्हारा रंग तो उतना साफ और गोरा है ही।" गामा ने प्रशंसा के लहजे में कहा।

नूर यद्यपि अधिक बोलने के कारण अब बहुत थक गया था, फिर भी गामा के प्रशंसात्मक शब्द सुनकर वह फूल उठा और आवेश के कारण उसका चेहरा सुर्ख हो उठा। वह बोला (यद्यपि उसकी आवाज़ में अब भी निराशा, कड़वाहट और घुटन भरी हुई थी), "यह मैं जरूर कहूंगा कि जिंदगी में कम से कम एक बार मैं खुद अपनी निगाहों में जंच गया—अगर्चे स्कूल और कालेज में मैं अपने चाहनेवालों की वजह से बड़ा परेशान रहता था। लेकिन जहां एक तरफ अपने को उस पोशाक में देखकर मेरा दिल जोश और खुशी से नाच उठा, वहां, दूसरी तरफ, जब मुझे खयाल आया कि मैं सिर्फ एक हलवाई का बेटा हूं, तो मेरा दिल बैठ गया। उस इण्टरव्यू के बाद मुझे यह आदत-सी हो गई कि मैं जब भी शीशे में अपना मुंह देखता, तो उसी वक्त मैं अपने पांव पर ज़रूर निगाह डालता—तुम जानते हो, उस मोर की तरह, जो अपनी खूबसूरती पर फूला नहीं समाता, लेकिन अपने पांवों को देखकर रो पड़ता है। खैर, मैं दिल्ली के लिए चल पड़ा...ओह! दिल्ली का वह सफर मैं कभी नहीं भूल सकूंगा। आई० ए० एस० के चक्कर में जो सबसे बढ़िया चीज़ मेरे हाथ लगी वह दिल्ली का सफर था। हम दिल्ली में ब्रॉडवे नाम के एक होटल में ठहरे थे, लेकिन वहां हमें जो अंग्रेज़ी खाना दिया गया, भई, मुझे तो वह ज़रा भी पसंद न आया। और फिर इण्टरव्यू का भूत तो मेरा दम निकाले दे रहा था। उसके डर से मुझे तो समझो दस्त ही लग गए।"

इतना कहकर नूर रुका, हंसा और उसका चेहरा पहले तो शर्म

से लाल हो उठा और फिर पीला पड़ गया।

"नूर, मुझे पूरी बात सुनाओ," गामा ने उत्सुकतापूर्वक कहा, "क्या तुम प्रधानमन्त्री से भी मिले थे?"

"नहीं। हां, बाद में मैंने उन्हें एक बार मोटर में जाते हुए देखा था। उनकी कार के आगे भी और पीछे भी पुलिसवालों की गाड़ियां चल रही थीं। खैर, पब्लिक सर्विस कमीशन के दफ्तर में एक कमरा बना हुआ है जहां उम्मीदवार बैठकर अपनी बारी का इन्तज़ार करते हैं। मैं भी उसी कमरे में जाकर बैठ गया। वहां तीस उम्मीदवार और बैठे थे। ये सब बड़े शानदार सूट पहने हुए थे और सबके-सब अमीरों के बेटे लग रहे थे। कमरे में बैठने के बाद मेरे मन में जो उथल-पुथल मची उसका तुम अन्दाज़ा भी नहीं लगा सकते। मेरी बारी आने में काफी देर लगी। तब तक मैं अपने दिल की भावनाओं को दबाने में ही लगा रहा......."

इतना कहकर नूर सहसा रुक गया। उसे लगा जैसे इस छोटे-से कमरे में, जिसकी छत भी बहुत नीची है, हवा की कमी के कारण उसका दम घटा जा रहा है। बेचैनी और अधीरता से वह ज़ोर-ज़ोर से अपने पांव हिलाने लगा, जैसे अभी बिस्तर से कूदकर बाहर खुली हवा में निकल जाना चाहता हो।

"फिर क्या हुआ?" गामा ने और भी उत्सुक होकर पूछा। गामा बेचारे को अपने जीवन में न कभी किसी बड़े, शानदार दफ्तर के अन्दर जाने का सौभाग्य प्राप्त हुआ था, न किसी बड़े आदमी से बात करने का। 'बड़े आदमी' के रूप में ज़्यादा से ज़्यादा उसका साक्षात्कार एक बार हाईस्कूल के हैडमास्टर साहब से हुआ था—वह भी तब जबकि किसी अपराध पर उसे हैडमास्टर साहब

ने अपने कमरे में बुलाकर दो-चार बेंतें रसीद की थीं।

"कुछ खास बात नहीं हुई," नूर ने कहा। ये शब्द कहते समय नूर के चेहरे पर एक विकृत मुस्कान फैल गई, जैसे आन्तरिक व्याकुलता ने उसके शरीर को ऐंठ दिया हो, किन्तु फिर भी वह अपनी व्यथा को उंडेल देने के लिए आतुर हो रहा हो। "जब मेरी बारी आई तो एक चपरासी मुझे उस कमरे में ले गया जिसमें पब्लिक सर्विस कमीशन के मेम्बर बैठे हुए थे। चपरासी एक खास वर्दी पहने हुए था और ऐसा लग रहा था जैसे कोई पुराना राजा हो, जिसकी रियासत छिन चुकी हो। न सिर्फ शक्ल-सूरत में वह राजा लगता था, बल्कि उसका सलूक भी राजाओं की तरह बदतमीज़ी का था। मैं कमरे में घुसते वक्त बुरी तरह डरा-सहमा हुआ था। कमरे में पूरी गम्भीरता छाई हुई थी। मेज़-कुर्सियां, पर्दे, कागज़, पैन और मेज़ पर रखी हुई बेशुमार छोटी-मोटी चीजें, कुर्सियों पर बैठे हुए शानदार साहब लोग, जो हिन्दुस्तानी होते हुए भी शान-शौकत में विलायती साहबों को मात करते थे—सब मेरी आंखों के सामने तैर गए। मेरी आंखें साफ-साफ कुछ भी नहीं देख पा रही थीं—चारों तरफ एक अजीब-सी धुंधलाहट फैली हुई थी। और, जैसे उसी वक्त ऐसा होना था, ज्योंही मैं कमरे में आगे बढ़ा, एक खाली कुर्सी से मैं टकरा गया और मेरी ठोकर से कुर्सी लुढ़क गई। ऊपर से बदकिस्मती यह हुई कि मुझे कहना तो चाहिए था 'गुड मार्निंग' लेकिन घबराहट के मारे निकल गया 'गुड नून'।"

इतना कहकर नूर शर्मा गया। गामा को अपनी बेवकूफी की कहानी सुनाने में और अपने चरित्र का सबसे कमज़ोर पहलू उसके सामने रखने में वह बुरी तरह झेंप रहा था। उसे याद आया कि 'गुड

नून' कहने की भूल करने के बाद वह एकदम किस बुरी तरह से बौखला और घबरा गया था। उसकी 'गुड नून' के बाद जब कमीशन के चेयरमैन ने अभिवादन का ठीक उत्तर 'गुड मार्निंग' कहकर दिया—किंतु 'मार्निंग' शब्द पर ज़ोर देकर और अपनी आवाज़ में व्यंग्य भरकर—तो जैसे उसे काठ मार गया, उसका लहू जम गया। जब वह इण्टरव्यू के लिए कुर्सी पर बैठा, तो उसका शरीर पसीने से नहा रहा था और वह बुरी तरह कांप रहा था।

थोड़ी देर रुकने के बाद नूर ने फिर कहना शुरू किया, "कमीशन के मेम्बरों में एक डा० शर्मा भी था। वह अव्वल दर्जे का पाजी था। वह आदमी को इस तरह ताड़ जाता था जैसे उसके चेहरे में आखें न हों बल्कि माइक्रोस्कोप के लेंस हों। हम शायद अपने-आपको इतनी अच्छी तरह नहीं जानते जितनी अच्छी तरह वह एक ही मिनट में हमें जान लेता था। दुबला-पतला, मरियल चेहरा जिसपर झुर्रियां पड़ी हुई थीं, और गाल ऐसे पिचके हुए थे जैसे किसीने सन्तरा चूसकर फेंक दिया हो। लेकिन उसका चेहरा और उसकी आंखें कुछ ऐसी थीं कि जैसे ही उसने मुझपर निगाहें गड़ाईं, मेरा दम आधा रह गया। उसने बड़ी धीमी आवाज़ में, लेकिन बड़े नपे-तुले लहजे में, कोई सवाल किया जिसे मैं पूरी तरह सुन ही नहीं सका। उसकी आवाज़ से ऐसा लग रहा था जैसे वह उसके मुंह में से नहीं बल्कि उसकी तीखी, घूरती हुई आंखों में से निकलकर आ रही हो। मेरा खयाल है कि उसके पतले, सूखे होंठों में से जो बड़बड़ाहट-सी निकली थी उसे शायद कमीशन के दूसरे मेम्बर भी नहीं समझ सके होंगे। वे सब बुत बने हुए बैठे थे। उनमें से एक राजा रामसिंह था जिसका चेहरा भैंसे जैसा लग रहा था। एक प्रोफेसर अब्दुलहमीद खां था, जिसकी नाक

तोते जैसी थी। और एक पारसी था, प्रोफेसर शापुरजी। इन सबको देखकर शायद मेरी हंसी छूट जाती; लेकिन चेयरमैन को देखकर तो आदमी के होश उड़ जाते थे। चेयरमैन थे मिस्टर देसाई, एक पुराने आई० सी० एस०। उनकी गर्दन बड़ी लम्बी थी—जैसे पैलिकन पक्षी की होती है। इण्टरव्यू के उस थोड़े-से वक्त में ही मैंने जैसे नरक की सारी पीड़ाएं अनुभव कर लीं। ऐसा भयानक वक्त मैंने अपनी ज़िन्दगी में कभी नहीं बिताया..."

नूर फिर रुक गया। पुराने घाव हरे हो रहे थे और नये घावों के साथ मिलकर उसके दिल को तड़पा रहे थे। थोड़ी देर के लिए उसका दिमाग सुन्न हो गया। उसका दिल इस समय बुरी तरह धक्-धक् कर रहा था; उसे दिल की धड़कन ऐसी सुनाई दे रही थी जैसे कोई ढोल बज रहा हो। उसके कानों पर हथौड़े-से पड़ रहे थे।

"इन साले लाठ के बच्चों और इनके चमचों को पानी में भिगो-भिगोकर जूते मारने चाहिए," गामा आवेश में गरज उठा। जिस नारकीय संसार में वह रहता था—वह धूल-मिट्टी, लीद-पेशाब और घास-कूड़े का और पशुओं का संसार-उस संसार में जीवन के लिए संघर्ष करते हुए गामा के स्वाभाविक गुंडेपन ने तीव्र आवेग और आक्रोश का रूप धारण कर लिया था। उसकी भावनाओं के लिए दूसरा कोई विकल्प भी नहीं था।

"इससे क्या फायदा होगा? कोई फायदा नहीं।" नूर ने एक दीघ निःश्वास छोड़ते हुए कहा। उसने अपने मन के आवेग को दबाने के लिए दूसरी ओर मुंह घुमा लिया। वह अब बहुत थक चुका था। उसका रंग सफेद पड़ गया था। नूर ऐसा दिखाई पड़ रहा था जैसे किसी दूसरी दुनिया का रहनेवाला हो। उसके चेहरे से ऐसा भाव

व्यक्त हो रहा था जसे वह किसी दूर देश का यात्री हो और अपनी कहानी सुनाना चाहता हो, किंतु जानता हो कि यहां कोई उसकी कहानी समझ न सकेगा। उसे लगा जैसे वह शून्य में कहीं लटक रहा है, आकाश और पृथ्वी के बीच में तैर रहा है। जैसे पांव टिकाने के लिए उसके पास कहीं कोई जगह नहीं है। जैसे इस विशाल धरती पर न कोई उसकी बात सुननेवाला है, न समझनेवाला। फिर भी, न जाने क्यों, वह अपने दिमाग का बोझ हल्का करने के लिए व्यग्र हो रहा है।

"प्रोफेसर अब्दुलहमीद खां तो बड़ा कट्टर मुसलमान है ना?" गामा ने पूछा।

"इससे क्या होता है?" नूर ने निराशा से भरी हुई धीमी आवाज़ में कहा। फिर वह क्षण-भर के लिए रुका। वह सोचने लगा कि अपनी बात को किस ढंग से कहा जाए ताकि वह अपने-आपको गामा की नज़रों में न गिरने दे और साथ ही अपने साथ किए गए अन्याय को पूरी तरह प्रकट कर दे। तनिक रुककर नूर ने कहा, "मैं शुरू से जानता था कि मुझे आई० ए० एस० में कभी नहीं लिया जाएगा। राजा रामसिंह ने मुझसे पूछा कि 'क्या तुमने कालेज में किसी Extra-Mural[1] काम में हिस्सा लिया है?' जब उसने अपने भसे जैसे मुंह से यह कठिन शब्द निकाला तो मुझे बड़ी हैरानी हुई। मैं सोचता ही रह गया कि यह भैंसा इस शब्द को कहां से सीख आया। शायद उसने कहीं से सुन लिया और रट लिया होगा। और सच बात ता यह है कि मैं खुद इसका अर्थ नहीं

1. कालेज की चारदीवारी के बाहर पढ़ाई के अतिरिक्त अन्य कार्यकलाप—जैसे खेल-कूद, समाज-सेवा आदि।

जानता था। फिर भी मैंने मोटा अन्दाज़ा लगाकर जवाब दिया कि 'हां, मैं टेनिस खेला करता था।' प्रो० अब्दुलहमीद खां की अपने मुसलमान भाइयों के साथ हमदर्दी न जाने कहां गायब हो गई थी! बल्कि हुआ यह कि जब प्रोफेसर शापुरजी ने मुझसे पूछा कि, 'क्या तुम हलवाई के बेटे हो?'—तो उल्टा वह हरामखोर हंस दिया। मैंने बौखलाकर कहा, 'जी, वह बाज़ार का चौधरी है...' बस जनाब, इण्टरव्यू खत्म हो गया और हम बाहर निकल आए-जैसाकि किसी शायर ने कहा है :

'बहुत बे आबरू होकर तेरे कूचे से हम निकले' "

जब नूर ने उपर्युक्त पंक्ति सुनाकर बात समाप्त की तो उसे ऐसा लगा जैसे उसकी जीभ का स्वाद फीका हो गया है। इतनी देर तक बोलते रहने से उसका मुंह अन्दर से शुष्क हो गया था। इस शुष्कता को दूर करने के लिए उसने जीभ को मुंह में चारों तरफ फेरा। उसने अनुभव किया कि उसके अन्दर इतनी कड़वाहट और निराशा और असन्तोष भरे हुए हैं कि वह गामा के सामने, अथवा किसीके भी सामने, अपने मन के समस्त भावों को कभी पूरी तरह व्यक्त नहीं कर सकता। उसे लगा जैसे वह युवक जो पब्लिक सर्विस कमीशन के सामने पेश हुआ था, कोई दूसरा व्यक्ति था, वह स्वयं नहीं था। वह तो एक अछूत था जिसे एक छोटे खानदान में पैदा होने की सज़ा भुगतनी थी।

नूर थोड़ी देर चुपचाप लेटा रहा। किंतु आराम के इन थोड़े-से क्षणों में उसकी आन्तरिक कड़वाहट फिर तीव्र हो उठी। हां, इस बार उसने ज़बान से कुछ नहीं कहा। लेकिन उसने झूठमूठ अंगड़ाई ली और बिस्तर पर जल्दी-जल्दी करवटें बदलीं—जैसे हताशयौवन-

रूपी भूत को, जिसने उसे दबोच रखा था, वह इस विधि से दूर भगा रहा हो।

गामा ने घबराकर कहा, "नूर! तुम बड़े बेचैन दिखाई दे रहे हो। क्या बात है? क्या बहुत थक गए हो? तुम्हारे पांव दबा दूं?"

"नहीं! बात यह है कि मुझे कुछ ठण्ड लग रही है।" नूर ने कहा।

"अच्छा भई, तो अब मुझे चलना चाहिए," गामा ने चौंककर कहा, "कोई ऊपर आ रहा है।"

नूर, नूर, मेरे बेटे!" एक भारी और फटा-फटा नारी-स्वर सुनाई पड़ा। साथ ही कई महिलाओं के हांपने और धौंकनी की तरह लम्बे-लम्बे सांस लेने की ध्वनि भी सुनाई पड़ी। एक लम्बे क्षण के बाद नूर को अपनी सास का छोटा, किन्तु चौकोर चेहरा दिखाई पड़ा। उसने सफेद सूती चादर ओढ़ रखी थी। उसके पीछे-पीछे उसकी बेटी, इकबाल और इकबाल के साथ उसकी चची चली आ रही थीं। इकबाल संकोच और लाज से सिमटी जा रही थी। इन दोनों के पीछे कई और औरतें थीं।

ज्योंही औरतों ने कमरे में प्रवेश किया, वे गामा को देखकर एकदम चीख उठीं, "हाय, हाय, यहां तो कोई मर्द बैठा है!" और अपने-अपने सिर पर निकाब खींचकर सब औरतें मुर्गियों की तरह डरी और सहमी हुई और फड़फड़ाती हुई कमरे के एक कोने में जा दुबकीं।

गामा हड़बड़ाकर उठा और इधर-उधर देखे बिना तीर की तरह सीधा कमरे से निकलकर दौड़ता हुआ ज़ीने से नीचे उतर गया। यदि

उसकी निगाह औरतों पर पड़ जाती तो अनर्थ हो जाता—उनकी लाज लुट जाती।

"ओ...!" नूर चिल्लाया और एकदम बिस्तरे पर से छलांग मारकर नीचे खड़ा हो गया। एकदम उछलने के कारण उसकी कमर दोहरी हो गई। "ओह..." वह दोबारा चीखा, किन्तु उसने देखा कि उसका दोस्त दूर जा चुका है और अब उसकी आवाज़ नहीं सुन सकता। बिस्तर में से उछलने और ज़ोर से चीखने के कारण नूर को बड़े ज़ोर की खांसी हुई। खांसी ने उसके सारे शरीर को हिला डाला। उसे ऐसा लगा कि यह भयंकर खांसी उसकी हड्डी-हड्डी को तोड़ रही है और उसके शरीर के जोड़-जोड़ को ढीला करती जा रही है। उसे महसूस हुआ कि यह खांसी उसकी जान लेकर ही छोड़ेगी। उसने अपना सिर झुका लिया और होंठ चबाकर खांसी को रोकने की कोशिश करने लगा। लेकिन खांसी के बगूले उसके अन्दर उठते ही जा रहे थे और अंततः उसने इन बगूलों के सामने हथियार डाल दिए और खांसी को पूरी छुट्टी दे दी कि वह उसके शरीर के साथ जिस तरह चाहे मनमानी कर ले। खांसी का हर दौरा उसके शरीर को तोड़-मरोड़ डालता था। खांसते-खांसते उसका सांस फूल गया, हिचकियां बंध गईं, उसकी आंखों में आंसू आ गए और चेहरा लाल हो उठा। अंत में सफेद बलगम और लाल खून के थक्के चीथड़ों की माला की तरह उसके मुंह से गिरने लगे।

"हाय मां, हाय मेरी मां!" पीड़ा के झटकों और उखड़ी हुई सांसों के बीच नूर कराह उठा। उसने झुककर बलगम, थूक और खून का अंतिम थक्का चिलमची में थूका और गर्दन ऊंची करके सांस लेने की कोशिश करने लगा।

इकबाल की अम्मी और चची 'हाय, हाय' करती, चीखती-चिल्लाती उसकी आर दौड़ीं—जैसे कोई गिद्ध अपने शिकार पर झपटता है। वे रुदन करने लगीं, "हाय, हमारा क्या बनेगा! हाय, हमारी इकबाल तो तबाह हो गई!" इकबाल नूर के पांयताने खड़ी हो गई। उसने मुंह पर से पर्दा हटा लिया था। उसकी भोलीभाली, बड़ी-बड़ी आंखों में आंसू उमड़ आए थे। वह हताश, विह्वल, व्याकुल और विवश थी और यह नहीं समझ पा रही थी कि वह क्या करे और क्या न करे।

नूर आंखें बन्द करके औंधा लेट गया।

"हाय, हाय! हाय, हाय!" उसको सास और चचिया सास ने और भी ज़ोर-ज़ोर से विलाप करना शुरू कर दिया और साथ ही अब वे छाती भी पीटने लगीं। उन्होंने इतने ज़ोर से रुदन किया कि नूर की दादी जितनी जल्दी हो सका ऊपर के कोठे से उतरकर कमरे में आ गई और पड़ोस के घरों की औरतें अपनी-अपनी खिड़कियों में आ खड़ी हुईं और चिल्ला-चिल्लाकर पूछने लगीं, "वह मर गया क्या?"

औरतों के इस विलक्षण पागलपन से नूर सहम गया और उसका दिल बैठ गया। भला यह भी कोई तरीका हुआ कि वह गामा से बातें कर रहा था और ये औरतें इस तरह, अचानक, कमरे में घुस पड़ी और बेमतलब रोने-चीखने और हाय-हाय करने लगीं! संसार के विरुद्ध उसके मन में क्रोध और घृणा का जो गुबार भरा हुआ था, गामा के सामने उसे निकालकर वह अपना मन हल्का कर रहा था। एक मित्र के स्नेह ने उसके मन पर से वह भारी ढक्कन उठा दिया था जो आज तक उसके भावों को दबाए पड़ा था। उसके मन में एक

तूफान मचलता रहता था, किन्तु वह कभी किसीके सामने अपने मन के आन्तरिक भाव व्यक्त न करता था। आज उसे अपने दिल का गुबार निकालने का अवसर मिला था, किन्तु अफसोस! इन औरतों ने अचानक धावा बोलकर उसके मन पर पुनः वह भारी ढक्कन रख दिया और वह अपनी भड़ास को दिल में ही बन्द रखने पर विवश हो गया। वह जानता था कि यह जीवन उससे छिननेवाला है। इसलिए जीवन की इन अन्तिम घड़ियों में यह कितना आवश्यक था कि जीवन का बोझ उतार फेंकने से पहले वह अपने मन का बोझ हल्का कर ले। किन्तु इन औरतों ने उसे इस अन्तिम सन्तोष से भी वंचित कर दिया था..

अब तक नूर की दादी के अतिरिक्त नूर की सौतेली मां तथा गली-मुहल्ले की कुछ औरतें भी कमरे में पहुंच चुकी थीं। इनके आने के बाद नूर की ससुराल की औरतों का विलाप और भी तीव्र हो उठा। गली-मुहल्ले की औरतें भी इस सामूहिक रुदन में सम्मिलित हो गईं और पूरा स्यापा शुरू हो गया। कुछ औरतों ने रोने और चिल्लाने के साथ-साथ छाती भी कूटनी शुरू कर दी। बीच-बीच में वे सिर पर भी दोहत्थड़ मारती जाती थीं। और 'हाय, हाय! हाय, हाय!' का उच्चारण पूरी लयदारी के साथ निरन्तर चल रहा था।

नूर जबड़े भींचकर और शरीर को साधकर इस तरह उठा जैसे वह एक खिंची हुई तेज़ तलवार हो जो इस जमघट को गाजर-मूली की तरह टुकड़े-टुकड़े करके फेंक डालना चाहती हो। लेकिन ज्योंही उसने अपना सिर ऊंचा किया, उसे महसूस हुआ कि इस सेना के विरुद्ध उसका रोष निरर्थक है। वह सोचने लगा कि ये बेचारी औरतें तो सिर्फ एक रस्म पूरी कर रही हैं जिसके अनुसार, मृत्यु के हल्के-से

चिह्न पर भी इन्हें रोना-धोना, विलाप करना और छाती कूटनी ही पड़ती है। विवश होकर नूर ने आंखें खोलीं, अपना हाथ हिलाया और कहा, "मैं मरा नहीं हूं, मैं अभी ज़िन्दा हूं।" और यह कहकर वह फिर बिस्तर पर लुढ़क गया।

"चुप हो जाओ अम्मी! चाची, चुप हो जाओ। दादी, रोना बन्द करो।" नूर की पत्नी, इकबाल, आग्रहपूर्वक औरतों को चुप कराने लगी और उनके हाथ पकड़ पकड़कर छाती पीटने से रोकने लगी।

नूर ने अपनी पत्नी पर दृष्टिपात किया। वह इतनी संकोचशील, लजीली और विवश दिखाई पड़ रही थी कि नूर को यह सोचकर बड़ा दुःख एवं पश्चाताप हुआ कि वह पत्नी से घृणा करता रहा है। वह नासमझ थी, किन्तु अपनी नासमझी के कारण वह दया और सहानुभूति की पात्र थी, न कि घृणा अथवा उपेक्षा की। नूर का हृदय उसके प्रति उमड़ आया। जब से उनका विवाह हुआ था, उसने पत्नी से कोई सम्बन्ध स्थापित न किया था। यह बात और है कि कभी-कभी वह वासना से पराभूत हो जाता था और उन अवसरों पर इकबाल एक बेज़बान पालतू जानवर की तरह अपने-आपको नूर के हवाले कर देती थी।

"अम्मी, चलो; चची और दादी, तुम भी चलो। इन्हें आराम करने दो।" वह धीमे स्वर में किन्तु आग्रहपूर्वक औरतों से प्रार्थना कर रही थी और एक-एक का हाथ पकड़कर उन्हें कमरे से बाहर जाने के लिए प्रेरित कर रही थी।

नूर को वह आज पहले से भी ज़्यादा नाज़ुक और शर्मीली लग रही थी। नूर सोचने लगा—इसने अपने स्नेह और प्यार की

रोशनी को सदा अपनी पीड़ा के भीतर छिपाकर रखा, अपने कष्ट को यह अपने अन्दर ही पीती रही; कभी मुंह से इसने उफ तक न की, कभी अपनी व्यथा को किसीके सामने प्रकट न किया। उसे याद आया कि इकबाल के इतने से अपराध पर कि वह सामाजिक परम्परा के अनुसार निकाब ओढ़ती थी अर्थात् पर्दा करती थी, उसने क्रूरता के साथ उसे अपने से अलग कर दिया था। उसका दोष इतना ही था कि वह फैशनेबल नहीं थी और साड़ी पहनकर खुले मुंह उसके साथ बाहर जाने के लिए तैयार न होती थी। वह चाहता था कि उसे अपने साथ बाहर ले जाकर गर्वपूर्वक दूसरों को दिखाता कि यह उसकी बीवी है, लेकिन वह ऐसा कर न पाता था। किन्तु इसमें बेचारी इकबाल का क्या दोष था? ये सब बातें सोचकर नूर का हृदय पश्चात्ताप और आत्मग्लानि से भर उठा। आई० ए० एस० के इण्टरव्यू में असफल होने के बाद के दुखपूर्ण दिनों में जब वह एक सरकारी दफ्तर से दूसरे दफ्तर तक और दूसरे दफ्तर से तीसरे तक चक्कर काटता और सड़कों की खाक छानता फिरता था, उसकी पत्नी उसकी परेशानियों को देखकर किस तरह तड़पती थी! वह हर वक्त उसका ध्यान रखती और जब वह दिन-भर का थका-मांदा, निराश और परेशान, घर पहुंचता तो उसे शर्बत पिलाती, पंखा झलती, उसका सिर सहलाती, पांव दबाती और उसे आराम से सुलाने की कोशिश करती, ताकि वह दिन-भर की परेशानियों और अपमानों को भूल जाए। उसे वह दिन याद करके बड़ी तीव्र मानसिक वेदना और आत्मग्लानि हुई जिस दिन उसकी पत्नी ने उसे यह शुभ समाचार सुनाया था कि वह गर्भवती हो गई है और इस हर्षप्रद समाचार से प्रसन्न होने की

बजाय उसने पत्नी को लात मारकर कमरे से बाहर निकाल दिया था। उन दिनों में वह नौकरी के लिए सैकड़ों आवेदनपत्र दे चुका था और सिफारिशी चिट्ठियां प्राप्त करने के लिए सैकड़ों मीलों का चक्कर लगा चुका था। किन्तु नौकरी न मिलनी थी, न मिली। उसके रिश्तेदार उसकी खिल्ली उड़ाते और पड़ोसी उसका उपहास करते। रोज़-रोज़ की असफलता ने उसे हताश कर दिया था। वह चिड़चिड़ा हो गया था और हर समय उसके अन्दर रोष और ग्लानि की ज्वाला भड़कती रहती थी। ऐसे समय में पत्नी के उस समाचार से उसका भड़क उठना और बौखला जाना स्वाभाविक ही था। किन्तु लात खाकर और तिरस्कृत होकर भी पत्नी ने उसका पीछा न छोड़ा था। एक पालतू कुत्ते की तरह वह बराबर उससे प्यार करती रही और आंखों में स्नेह उंडेलकर उसकी व्यथा और निराशा को कम करने का प्रयास करती। किन्तु उसे लगा कि उसके सिर पर चिन्ताओं का पहले ही इतना भारी बोझ है कि वह बाप बनने की नई ज़िम्मेदारी के बोझ को उसने प्यार, सहानुभूति और सहृदयता की मूर्ति अपनी पत्नी को तिरस्कृत कर दिया था। उसने पत्नी से बोलना भी बन्द कर दिया था। और उन दिनों जब कभी वह वासना के वशीभूत होता, तो इस बुरी तरह से पत्नी पर टूटकर पड़ता जैसे वह उससे बदला ले रहा हो। और अतृप्ति और कुंठा के बीच जब वह तड़पती और बेचैनी से करवटें बदलती, तो वह सान्त्वना का एक शब्द भी न कहता। वह उससे मुंह मोड़ लेता और ऐसा उपेक्षापूर्ण व्यवहार करता जैसे उसका उससे कोई सम्बन्ध ही न हो। फिर जब एक दिन इकबाल ने सफेद और सुर्ख रंग की एक प्यारी-सी बच्ची को जन्म दिया और मातृत्व के गर्व

और असीम ममता के साथ उसने बच्ची को पति की गोद में देना चाहा, तो नूर के मन में आया कि वह पत्नी को और साथ ही उस बच्ची को जान से मार डाले। उसने बच्ची को देखकर घृणा से मुंह फेर लिया और कमरे से बाहर निकल गया और बाग में जाकर एक ऊंचे-से पेड़ के नीचे बैठकर वह कविता की एक पुस्तक पढ़ने लगा। कभी इस पुस्तक को पढ़कर वह जैसे सितारों की दुनिया में पहुंच जाया करता था; किन्तु आज कविता उसके मन को न छू सकी, उसे लेशमात्र भी प्रभावित न कर सकी।

"क्या बात है बेटे?" सहसा दादी की आवाज़ सुनकर नूर चौंक उठा। दादी पोपले मुंह से बड़े धीमे स्वर में एक-एक शब्द को चबा-चबाकर बोल रही थी। बुढ़ापे के कारण उसका अंग-अंग हिल रहा था। उसकी आंखों में आंसू तो कभी खुश्क होते ही न थे। "अब कैसा जी है तेरा? मैं कुर्बान जाऊं तुझपर!"

नूर अपने विचारों और पुरानी स्मृतियों में खोया हुआ था। दादी के आने से उसके विचारों का प्रवाह सहसा टूट गया। उसने दादी को एक उड़ती-सी निगाह से देखा और फिर उसने देखा कि दादी के पास ही इकबाल खड़ी है। वास्तव में दूसरी औरतों को कमरे में से भेजकर वह वहीं खड़ी रह गई थी। एक सूक्ष्म, हल्की और विवश-सी मुस्कान के साथ नूर ने अपनी पत्नी को देखा—जैसे वह चाह रहा हो कि इकबाल उसके निकट आ जाए और उसे अपनी बांहों के घेरे में ले ले। किन्तु इकबाल का पीला, दुबला-पतला चेहरा भाव-शून्य और सहमा हुआ था, जैसे वह अब भी उससे डरी हुई हो।

"इकबाल!" नूर ने पत्नी को बुलाने के लिए धारे से आवाज़ दी।

इकबाल ने अपनी सुन्दर, बड़ी-बड़ी, भूरी, भोलोभाली आंख ऊपर उठाईं। किन्तु ठीक उसी समय बूढ़ी दादी नूर का सिर सहलाने लगी और कहने लगी :

"बच्चे! थोड़ी देर सो जा। हाय, मैं कुर्बान जाऊं! उन औरतों ने तो मुझे डरा ही दिया था।"

फिर झुकी हुई कमर को धीरे-धीरे इकबाल की तरफ घुमाकर बुढ़िया बोली, "इकबाल, तू भी चलकर थोड़ी देर आराम कर ले, बेटी! आ जा बेटी, आ चलें और सुन, तू बच्ची को क्यों नहीं लाई?"

"दादी, वह मेरी छोटी चाची के साथ आनेवाली है," इकबाल लजाकर बोली। और फिर उसने पति की ओर देखा, मानो उससे प्रार्थना कर रही हो कि मुझे दोबारा ज़रूर बुलाना।

किन्तु नूर की आंखें इस समय कहीं और भटक रही थीं। नूर और इकबाल के बीच में सहसा भयानक दुर्भाग्य आ गया था। अब उनके बीच आपसी, सौहार्दपूर्ण सम्बन्ध स्थापित होने की कोई संभावना नहीं रह गई थी, क्योंकि नूर सब लोगों से दूर हट चुका था।

इकबाल को दादी के साथ कमरे से बाहर जाते हुए देखकर नूर सोचने लगा—अगर मेरे कंधों पर ज़िम्मेदारियों का बोझ इतना अधिक न बढ़ गया होता, अगर एक बेटे, एक पति और एक बाप के कर्तव्य मेरे जीवन को इस तरह न दबा डालते, तो मैं शायद इकबाल से प्रेम कर पाता। किन्तु गरीबी ने उसे कितना विवश कर दिया था, जीवन के प्रति कितना निर्मम और कठोर बना दिया था! अभावों और कुंठाओं ने उसे संसार की रंगीनी, मिठास और सौन्दर्य के प्रति जड़ बना दिया था। दूसरे लोगों की भावनाओं, संवेदनों और

प्रतिक्रियाओं के प्रति वह उदासीन हो गया था। प्रत्येक वस्तु और प्रत्येक प्राणी से जैसे उसका सम्पर्क टूट गया था। रोष और ग्लानि से भरा हुआ वह संसार में इस तरह विचरण करता था जैसे उसका इस संसार से कोई लगाव न हो। मानव-अनुभूतियों के प्रति उसके हृदय में गहन उपेक्षा का भाव भर गया था। मानव-जीवन के सुन्दर पहलुओं का अस्तित्व तो जैसे उसके लिए था ही नहीं। यही दुष्ट निर्धनता उसके तथा उसकी पत्नी के बीच दीवार बन गई थी। आह! निर्धनता और अभावों ने उसे पत्नी के प्रति उदासीन ही नहीं वरन् क्रूर बना दिया था—क्रूर, कठोर और निर्मम। पिछले कठोर और क्रूर व्यवहार के कारण अब उसकी हिम्मत ही न पड़ती थी कि वह उसे देखकर मुस्कराए, उसे अपने पास बिठाए तथा उससे दो मीठी बातें करे। अपने दुर्व्यवहार को याद करके वह शर्म से गड़ा जाता था।... और यह सब मेरे बाप के कारण हुआ...

'शेख पीरबख्श का बेटा डिप्टी-कलक्टर बन गया है, तो तू क्यों नहीं बन सकता? अगर सरदार कल्याणसिंह का बेटा सब-जज बन सकता है, तो तू क्यों नहीं बन सकता?' जब चौधरी इस तरह की बातें करता तो नूर को जैसे काठ मार जाता। क्रोध और आवेश के कारण चौधरी की आंखों में जैसे खून उतर आता और जब वह ऐसी आंखों से नूर को घूरता तो नूर का मानो लहू जम जाता। धीरे-धीरे स्थिति यह हो गई कि नूर के लिए घर में सांस लेना कठिन हो गया। रोटी का प्रत्येक कौर उसके लिए जैसे विष में बुझा हुआ तीर हो गया।...फिर वह आई० ए० एस० की तैयारी में लग गया। वह जानता था कि यदि वह इस परीक्षा में असफल हो गया तो उसका जीवन असह्य हो जाएगा, उसे इसकी बहुत बड़ी

सज़ा भुगतनी पड़ेगी। इसलिए वह आई० ए० एस० की तैयारी में जी-जान से जुट गया। इस तैयारी में उसे कितनी जान खपानी पड़ी थी, इसे वही जानता था। एक हल्के, टिमटिमाते बल्ब की मद्धिम-सी रोशनी में वह रात को देर तक पढ़ता और अगले दिन फिर बहुत सवेरे उठकर पढ़ने बैठ जाता। उस समय उसका सिर भी भारी होता और पपोटे भी नींद से बोझल होते। किन्तु उसके मन में इस बात की तनिक भी आशा नहीं थी कि वह आई० ए० एस० में सफल हो जाएगा। फिर उसका मन तैयारी में किस तरह उत्साहित होता? आन्तरिक निराशा के कारण वह पुस्तकें पढ़ते समय हर तीसरे पृष्ठ पर आह खींचता और अनमना होकर कुछ क्षण के लिए निष्क्रिय बैठ जाता। किन्तु उसकी परिस्थिति उसे फिर विवश करती कि वह पढ़े और पढ़ता चला जाए।... उफ! भयंकर गर्मी के वे लम्बे-लम्बे, थका देनेवाले दिन...उसे लगता कि वह पुस्तकों के कारागार में बंद हो गया है... परीक्षा समीप आती जा रही थी और उसे ऐसा लग रहा था जैसे उसके सिर पर हर समय एक तलवार लटक रही है। दुनिया सैर करती, आराम करती, हंसती-खेलती और वह उस जानलेवा गर्मी में हर रोज़ दस-दस, बारह-बारह घंटे काम करता...वह सिर पर गीला तौलिया लपेटकर पढ़ता-लिखता—इसलिए कि कहीं गर्मी और काम की अधिकता से उसका दिमाग फेल न हो जाए। फिर भी वह जानता था कि यह शहर और इसके गली-कूचे उसका पीछा करते ही रहेंगे। शहर के सैकड़ों लोग उसे जानते थे। वह जब कभी किसी सड़क से गुज़रता, तो लोग उसे देखकर कानाफूसी करते—वह देखो—उस हलवाई के बेटे को। पट्टा एम० ए० पास है, लेकिन नौकरी मिलती नहीं

इसलिए हाथ पर हाथ रखकर खाली बैठा रहता है और मक्खी मारता रहता है। 'वह जानता था कि उसके लिए इस शहर में कहीं कोई ठिकाना नहीं है, कहीं उसके लिए आदर-सम्मान का भाव नहीं है। वह जानता था कि उसे अपने बाप के तंग, अंधेरे और दुर्गन्धपूर्ण घर में ही घुटकर मरना पड़ेगा। जिस गली में उसका घर था वह भी बड़ी तंग और दुर्गन्धपूर्ण थी, अंधेरी और सीलन से भरी हुई। इस गली और इस मकान में उसका दिमाग फटा जाता था, किन्तु उसे विवश होकर उसीमें अपने को बन्द रखना पड़ता था। वह जीना चाहता था और खुश रहना चाहता था। किन्तु दुर्भाग्य ने उसकी इन भोली और स्वाभाविक इच्छाओं को कुचल डाला था। उसे विश्वास हो चुका था कि इस नरक से उसे कभी छुटकारा न मिल सकेगा। यहां की दुर्गन्धपूर्ण वायु ने उसके रोम-रोम को विषाक्त बना दिया था। उसे लगता कि यहां के वातावरण की कटु और विषैली गंध को उसे अपने साथ नरक में भी ले जाना पड़ेगा। और फिर यह विष शनैः-शनैः उसके रोम-रोम को वेधता हुआ अन्ततः उसकी आत्मा को भी नष्ट कर डालेगा।...और आई० ए० एस० की परीक्षा में वही हुआ जिसका उसे पहले ही डर था—अर्थात्, चूंकि वह सिर्फ एक हलवाई का बेटा था इसलिए इण्टरव्यू में उसे सिर्फ पांच अंक मिले और आई० ए० एस० रूपी स्वर्ग में प्रवेश न पा सका। लिखित पर्चों में उसने बड़े ऊंचे अंक प्राप्त किए थे। लेकिन उससे क्या होता है? आई० ए० एस० के स्वर्ग में घुसने को वस्तुतः कौन अधिकारी है और कौन अनधिकारी—इसका निर्णय तो इण्टरव्यू में होना था। पर्चों पर यह थोड़े ही लिखा जाता है कि उम्मीदवार किसका बेटा है।...और आई० ए० एस० का

परीक्षा-फल निकलने के बाद के वे नाटकीय दिन! वह महीनों तक इधर-उधर भटकता रहा, किन्तु कहीं कोई नौकरी नहीं मिली। उन दिनों उसे लगता कि सारी दुनिया उसके लिए मुर्दा है, अंधेरी है। उधर दिन-प्रतिदिन बाप के क्रोध एवं क्षोभ की आंधी अधिक तीव्र होती गई और नूर के हृदय में यह इच्छा बलवती होती गई कि काश! इस दुनिया और इस ज़िन्दगी से उसे छुटकारा मिल जाए! वह रोज़ रात को सोते समय ईश्वर से मृत्यु के लिए प्रार्थना करता। किन्तु अगले रोज़ सवेरे देखता कि वह तो अभी सांस ले रहा है... फिर धीरे-धीरे उसने परवाह करनी छोड़ दी—उसके मन में घोर उदासीनता भर गई। उसे लगा कि वह अब व्यथा की सीमाओं को पार कर चुका है और ऐसी स्थिति में आन पहुंचा है जहां किसी भी प्रकार की कोई अनुभूति आदमी के तन्तुओं को नहीं हिला पाती; वह पूर्णतया जड़ हो जाता है। बीमारी के प्रारम्भिक दिनों में उसके मन की ऐसी ही स्थिति थी। उसे सारी दुनिया निरर्थक और शून्य और निर्जीव लगती थी। जब किसीके मन में कोई आशा न रहे तो वह किस आधार पर जिए? किन्तु उसमें इतना साहस नहीं था कि वह स्वयं जीवन को ठोकर मारकर मृत्यु का आलिंगन कर ले। इसलिए वह जीवित रहने और सांस लेने के लिए विवश था। संसार और जीवन से छुटकारा पाना भी उसके वश में नहीं था। वह घोर निराशा और असीम वेदना के गर्त में बुरी तरह फंस गया। ऐसी स्थिति में उसके मन में रह-रहकर केवल एक छोटी-सी इच्छा उभरती थी—इस जीवन की अन्तिम इच्छा—कि जैसे भी हो, परमात्मा उसे कोई नौकरी प्रदान कर दें—चाहे वह कितनी भी छोटी और घटिया हो, चाहे वह चपरासी की नौकरी ही क्यों न

हो—अलबत्ता वह उसके अपने शहर में न हो, कहीं बाहर हो। काश! वह किसी तरह अपने हाथों से अपने लिए और इकबाल के लिए और अपनी बच्ची के लिए रोटी कमा सके!...किन्तु उसकी यह छोटी-सी इच्छा भी पूरी न हो सकी। दिन पर दिन बीतते जाते थे और उसकी निराशा और भी गहन होती जाती थी। दिन चढ़ता, दोपहर होती और दिन ढल जाता और रोटी के हर टुकड़े के साथ-साथ उसे बाप की गालियां और फटकार भी खानी पड़तीं। इसी तरह कई महीने बीत गए...उफ! ऐसी हालत में कोई कहां जाए?—कहां आदमी अपना चेहरा छिपाए? उसके मन में आया कि दूसरे शहर में जाकर बूट-पालिश का ही काम क्यों न कर लिया जाए?...लेकिन इस समाचार को उसके शहर तक पहुंचने में आखिर कितने दिन लगेंगे? और फिर आदमी की कैसी भी हालत हो जाए, उसके अन्दर आत्मगौरव की कुछ तो भावना रहती ही है। जग-हंसाई का डर हर आदमी के मन में बैठा रहता है, इस डर से वह पूरी तरह कभी मुक्त नहीं हो पाता। फिर वह यह भी नहीं जानता था कि यदि उसने ऐसा दुस्साहस कर भी डाला तो जब चौधरी को इस बात का पता चलेगा, तो वह भरे बाज़ार उसको जूतों से पीटेगा और उसकी रही-सही इज़्ज़त भी खाक में मिल जाएगी।...वह हर घड़ी सोचता रहता कि कोई रास्ता निकल आए, किन्तु उसे कहीं कोई रास्ता न सूझता। उसे कभी-कभी आशा की कोई क्षीण-सी किरण दिखाई देती, किन्तु उसे विश्वास होता जा रहा था कि दिन-प्रतिदिन निराशा का अधंकार घना होता जा रहा है और आशा का क्षीण प्रकाश धीरे-धीरे लुप्त होता जा रहा है। आदमी के पेट में ज़रा-सी रोटी पड़ते ही उसमें अहं की भावना

जाग उठती है। वह मनुष्य है और एक पुरुष है—इस अहं को वह कुचल नहीं पा रहा था। फिर इसके ऊपर इस बात का आत्मगौरव कि वह पढ़ा-लिखा आदमी है, योग्य भी है, एम० ए० पास...आप इसे झूठा अहकार कह लीजिए, किन्तु अहंकार और आत्मगौरव में भला क्या अन्तर है?...और इस दुनिया से भला कौन नहीं डरता? हर आदमी सोचता है कि मैं ऐसा-वैसा काम करूंगा तो दुनिया क्या कहेगी।" 'अरे, उस नूर को देख रहे हो?—वह हलवाई का बेटा—अपने-आपको बाबू समझता था, लेकिन आखिर अपनी असलियत पर आ गया ना?' लोग समझते हैं कि हाथ से काम करना घटिया और गिरी हुई बात है। हाथ से काम करने से आदमी की इज़्ज़त बिगड़ती है। अगर इज़्ज़त है तो सरकारी नौकरी में है।...और नूर ने मन में कहा—मैं दूसरों को ही क्यों दोष दूं? क्या यह सच नहीं है कि मेरा अपना दृष्टिकोण भी यही बन गया था? मैं शायद स्वय भी हाथ से काम करने के लिए तैयार न था। यदि मुझे हाथ से काम करना पड़ता तो मुझे भी शर्म आती और यह महसूस होता कि मेरी प्रतिष्ठा धूल में मिल गई है...

अन्ततः, जब उसके ससुर ने बड़ी कोशिश की...और उसके बाप ने गिड़गिड़ाकर और हाथ जोड़कर डाक-तार-विभाग के सुपरिंटेंडेंट, भाई भुजगासिंह की बड़ी खुशामद की और इस विभाग के मिनिस्टर तक पहुंच की गई, तब कहीं जाकर उसे डाकखाने में डेढ़ सौ रुपये माहवार की नौकरी हाथ लगी। और यह मानना पड़ेगा कि यह सफलता भी कोई कम सौभाग्य की बात नहीं थी—क्योंकि इस नौकरी के लिए पन्द्रह एम० ए० और एक सौ सैंतीस बी० ए० उम्मीदवार थे। बिना लम्बी-चौड़ी सिफारिशों के

और बिना रिश्वत खिलाए यह नौकरी मिलनी भी असम्भव थी।...

फिर वह चुपचाप लेट गया। उसका सांस इस समय बहुत धीमा चल रहा था। वह अपने दिल की धड़कनों की आवाज़ सुन रहा था और मन में कह रहा था, 'यह मेरे दिल के दर्द की आवाज़ है जिसे मैं समझ नहीं पा रहा हूं...लेकिन इस दर्द से कोई तकलीफ नहीं हो रही...महीनों से मुझे ऐसा ही महसूस हो रहा है...कभी तबीयत थोड़ी अच्छी दिखाई पड़ती है, कभी थोड़ी खराब...अब शायद मौत जल्दी ही आ जाए...'

जीवन की निराशाओं ने आखिर उसे पूरी तरह कुचल डाला था। साधारण मानसिक स्तर के क्लर्कों के साथ बैठकर डाकखाने में काम करने से उसे असीम मानसिक यातना होती थी। वह जितनी देर दफ्तर में काम करता उतनी देर यह महसूस करता जैसे वह एक भयंकर दलदल में फंसा हुआ छटपटा रहा है। वह दिन-भर टिकट, कार्ड और लिफाफे बेचने के लिए विवश था, जबकि वह कहीं आई० ए० एस० आफीसर के पद पर बैठा हुआ होता...

मृत्यु अब उसे इन सब पीड़ाओं, कुंठाओं, निराशाओं और दुःखों से छुटकारा दिलानेवाली है। फिर भी क्या वह मृत्य के प्रति आभारी है?

उसने अपने अन्तर को टटोला और अपने-आपसे पूछा कि क्या सचमुच मेरे जीवन में कोई भी ऐसी चीज़ नहीं थी जो मेरे दुःख को हल्का कर सकती? कहीं कोई सौन्दर्य, कोई स्नेह, कोई विश्वास,या आस्था, या आशा, या सहारा? सिवाय कुचली हुई इच्छाओं और टूटी हुई आशाओं के, क्या उसे जीवन में कुछ और भी मिला है?

उसे कोई उत्तर नहीं मिला।

एक हल्की-सी कंपकंपी आई, फिर पसीना। तेज़ गर्मी ने उसके शरीर की रही-सही शक्ति को भी सोख लिया। उसकी इच्छा के विरुद्ध उसपर तन्द्रा-सी छा गई और भारी पपोटे बन्द हो गए। तन्द्रावस्था में उसके मस्तिष्क में न जाने कहां-कहां के दृश्य और चेहरे और घटनाएं और बातें गडमड होने लगीं। उसने देखा कि टारज़न औरत को अपने हाथों से पकड़कर ऊपर उठा रहा है, और औरत के लम्बे-लम्बे सुनहरी बाल हवा में लहरा रहे हैं...फिर उसे नर्गिस का लम्बोतरा चेहरा दिखाई दिया और उसने देखा कि राजकपूर मूर्खों की तरह उसके सामने गिड़गिड़ा रहा है...फिर विलायती ढंग पर बनी हुई सफेद रंग की सुन्दर कोठियों की कतार दिखाई पड़ी...फिर उसने देखा कि चार्ली चैपलेन प्रेम के वशीभूत होकर कुछ औरतों के पीछे भाग रहा है।...

नूर के हृदय में अपने प्रति दया उमड़ आई—एक प्रकार की विवश आत्मकरुणा। उसने अपने जीवन में कभी प्रेम की कसक अनुभव नहीं की थी। जीवन के रस और उसकी रंगीनी से वह अनभिज्ञ रहा था। और अब तो वह केवल जीवन का चक्र पूरा कर रहा था। जल्दी ही वह किसी अज्ञात अस्तित्व में प्रविष्ट हो जाएगा—ऐसे भविष्य में जिसमें अतीत की स्मृतियां भी नहीं रह जाएंगी।

उसका मस्तिष्क इस समय व्यवस्थित रूप से कुछ भी सोच नहीं पा रहा था। अनेक प्रकार के विचार और अनेक बातों की स्मृतियां एकसाथ मस्तिष्क में उठ रही थीं और एक-दूसरे के साथ गडमड हो रही थीं।...

"मुझे क्या हो गया था? मुझे क्या हो रहा है?...कुछ भी तो नहीं...डाक्टर आने ही वाला होगा..."

"यह मेरा झूठा अभिमान था जिसने इकबाल की भावनाओं का आदर करने से मुझे रोके रखा...मैंने क्रूर होकर उसे उसके बाप के घर भेज दिया, उसके प्रेम को निर्दयतापूर्वक ठुकरा दिया...मेरी बच्ची रशीदा—मेरे जिगर का टुकड़ा—आह! उसकी भोली मुस्कान भी मेरे पत्थर-से दिल को न पिघला सकी..."

आत्मग्लानि और पश्चात्ताप के कारण वह तड़प उठा। फिर निःश्वास छोड़कर बोला, "किन्तु मैं और कर ही क्या सकता था? मैं बेबस था, बेबस और लाचार!"

कमरे में इस समय पूर्ण निस्तब्धता छाई हुई थी। किन्तु जैसे इस निस्तब्बता की भी अपनी एक आवाज़ थी। नूर ने सांस रोककर इस आवाज़ को सुनने की कोशिश की...उसका दिल धक्-धक् कर रहा था और उसकी धमनियों में रक्त फेंक रहा था। उसे लगा जैसे उसकी नसें तनी हुई और सूजी हुई हैं...शायद गर्मी की तीव्रता के कारण ही उसे बेचैनी हो रही है—लेकिन नहीं, यह बात तय है, और इसमें अब कोई सन्देह नहीं कि उसके अन्दर से अब ज़िन्दगी धीरे-धीरे समाप्त होती जा रही है, जीवन का दीपक धीरे-धीरे बुझता जा रहा है। अब शायद दो-चार दिन का खेल-तमाशा बाकी रह गया है...

मस्तिष्क की नस फटने से जब पहले-पहल उसे खून की कै हुई थी तो वह बुरी तरह चौंक उठा था। फिर भी उसने शान्त भाव से इस झटके को सह लिया था...किन्तु अब जब भी खून की कै होती है, वह बुरी तरह घबरा उठता है...शायद अब कुछ ही घंटों का किस्सा रह गया हो...वह बुरी तरह भयभीत हो उठा।

किन्तु उसे अशान्त नहीं होना चाहिए, अन्यथा डाक्टर बड़-

बड़ाएगा। उसे शान्त रहना चाहिए, किसी भी हालत में बेचैन नहीं होना चाहिए...वह कितने दिन तक बिलकुल शान्त रहा है। डाक्टर ने भी उसकी इस बात के लिए प्रशंसा की थी।

नूर ने अपनी नब्ज़ देखी। फिर उसे अपने शरीर की बदलती हुई हालतें याद आने लगीं...एक दिन—यह शायद एक महीना पहले की बात है-उसकी हालत बहुत खराब हो गई थी। किन्तु उसकी हालत फिर सुधर गई थी, और उसने बाद में हैमिंग्वे का एक उपन्यास भी पढ़ डाला था। उसे इस बात पर बड़ा आश्चर्य होता था कि उसके कमरे में अलगनी पर लटके हुए मैले-कुचैले कपड़े और दीवार से लटकी हुई मिट्टी के तेल की लालटेन और कमरे में भरी हुई तरह-तरह की चीज़ें जो साधारण स्थिति में बड़ी भद्दी और बेढंगी लगती थीं—ये सब चीज़ें उसे इस समय बड़ी शानदार और सुन्दर लगतीं जब वह कोई पुस्तक पढ़ रहा होता। कुछ दिन के बाद उसकी तबीयत फिर गिर गई थी। उस समय उसका मन सारी दुनिया से उदासीन हो उठा था। उसका सांस भी आज की तरह भारी हो गया था। बुखार भी तेज़ हो गया था, और आज की तरह ही वह उस दिन भी कराह रहा था। वह अपने-आपको जीवित रखने का भरसक प्रयत्न कर रहा था। किन्तु इस सारी कोशिश का आखिर क्या लाभ हागा? इस बीमारी का अब कोई इलाज नहीं। फिर वह सोच-विचार और चिन्ता को क्यों नहीं त्याग देता?...अब सिवाय मौत के और कोई चारा नहीं।

फिर भी वह जीवन के लिए संघर्ष क्यों न करे?—एक-एक सांस के लिए क्यों न मौत से लड़े? वह मौत से लड़कर शायद उसे महीनों के लिए—या शायद वर्षों के लिए—टाल सकता है...किन्तु

किस तरह?—शायद परमात्मा से प्रार्थना करके। एक बार उसने खुदा पर भरोसा किया था—सच्चे दिल से उसे याद किया था, तो कई दिन तक उसकी तबीयत बड़ी अच्छी रही थी। उन दिनों उसे सब लोग अच्छे लगे थे। "मैं सोचता हूं—ये खून की कै इसलिए तो नहीं आतीं कि मैं खुदा को याद नहीं करता...ऊंह! मैं क्या व्यर्थ की बात सोच रहा हूं! अब तो मेरी मदद न खुदा कर सकता है, न शैतान..."

क्षण-भर के लिए उसके हृदय में ईश्वरीय करुणा का उद्रेक हुआ और उसका चेहरा चमक उठा ; किन्तु अगले ही क्षण ग्लानि और रोष के भाव उसके चेहरे पर झलक आए। उसने करवट ली और वह घोंघे की तरह अपने अन्तर में सिमट गया।

पन्द्रह दिन पहले उसे खून की जो कै हुई थी वह सबसे भयंकर थी। उस दिन के बाद से बीमारी वास्तव में उसपर हावी होनी शुरू हो गई थी। वह उस दिन कितना भयभीत हो उठा था...फिर भी उसे अपने अन्तस् में इस बात का विश्वास था कि कोई दुर्घटना नहीं घटेगी, क्योंकि उसे महसूस हो रहा था जैसे जीवन की लहरें अब भी उसकी नस-नस में दौड़ रही हैं।...फिर, पिछले वीरवार को उसे तेज़ ठंड लग गई—उस दिन उसे कितनी बार कंपकंपी आई थी! वैसे तो बचपन से उसका यही हाल था कि जब भी बुखार चढ़ता, उसे ज़ोर की कंपकंपी ज़रूर आती। ये बातें याद करते-करते उसे एक ज़ोर की झुरझुरी आई जिसने उसके सारे स्नायुओं को जैसे झकझोर डाला। ठंड ने उसे बड़ा परेशान कर रखा है। और फिर पिछले शनिवार को तो उसे खुन की बड़ी भयंकर कै हुई थी... उस दिन वह कितना निढाल हो गया था...डाक्टर ने उसे उस दिन संखिया से बनी हुई कोई दवा दी थी। रविवार को उसकी तबीयत

कुछ संभल गई थी। उसे ऐसा लगा था जैसे वह दोबारा जीवित हो उठा है। कल भी उसकी तबीयत कुछ ठीक-सी रही थी...और आज भी...हां, आज वह शायद कुछ थक गया है। आज भी सवेरे थोड़ा खून आ गया था। फिर भी आज वह ज़रूर थोड़ी देर के लिए बैठेगा। लेकिन क्या वह बैठ सकेगा? उसमें इतनी जान है भी? महीनों से उसके शरीर में से जान धीरे-धीरे निकलती जा रही है... आज तो उठा ही नहीं जा रहा...'ऐं! कौन है? किसीके ज़ीने पर चढ़ने की आवाज़ तो आ रही है...

वह ध्यान से आवाज़ सुनने लगा।

डाक्टर ऊपर आ रहा था। आवाज़ निश्चित रूप से कैप्टेन पोचकनवाला के कदमों की ही थी। वह आते ही मुझसे उल्टे-सीधे सवाल करेगा। इसलिए, नूर ने सोचा, मुझे डाक्टर की विज़िट के लिए तैयार हो जाना चाहिए। मुझे बिलकुल चुपचाप लेट जाना चाहिए...

इतने में डाक्टर पोचकनवाला ने कमरे में कदम रखा। उन्होंने नाक चढ़ाकर पूछा, "कहिए मिस्टर नूर, आज आपकी तबीयत कैसी है?" डाक्टर महोदय बहुत बढ़िया सिला हुआ सूट पहनते थे और शहर-भर के हिन्दुस्तानियों में सिर्फ वही एक व्यक्ति थे जो भूरे रंग की पोलो-टोपी पहना करते थे। उन्होंने बोलने का ऐसा लहजा अपना लिया था जिसका इस टोपी के साथ मेल बैठ सके। यूं तो शहर में बहुत-से लोग अंग्रेज़ी लिबास पहनते थे, किन्तु पारसी होने के कारण वे शायद अन्य हिन्दुस्तानियों से अपने को श्रेष्ठ समझते थे।

नर अपने पर थोड़ा जोर डालकर 'गुड मार्निंग' कहना

चाहता था, किन्तु इतने में उसने देखा कि डाक्टर के पीछे-पीछे उसका बाप चला आ रहा है। बाप के सामने अंग्रेज़ी में डाक्टर का अभिवादन करने में नूर को बड़ी शर्म महसूस हुई। वह चुप रह गया।

डाक्टर नूर के चेहरे को थोड़ी देर तक ध्यानपूर्वक देखता रहा, फिर बोला, "आज सांस ठीक से नहीं चल रहा है। चेहरा भी तमतमा रहा है।" इसके बाद उसने फिर थोड़ी देर तक नूर के चेहरे को तीक्ष्ण दृष्टि से देखा और पूछा, "खांसी का क्या हाल है?"

"पहले से ठीक है," नूर ने उदासीनता के साथ उत्तर दिया। चौधरी नूर के कमरे में नहीं रुका, बल्कि ज़ीने से तीसरी मंज़िल के कोठे पर जाने लगा। नूर जानता था कि उसका बाप डाक्टर की फीस अदा करने के लिए रुपये लेने ऊपर गया है। डाक्टर पोचकन-वाला उधार में विश्वास नहीं करता था।

"अच्छा, खैर, लाओ टैम्परेचर देखें," डाक्टर ने कुछ रुकते-रुकते कहा। उसने नूर के निकट जाते हुए कुछ इस तरह नाक-मुंह चढ़ाया जैसे वह रोगी को छूना न चाहता हो।

थर्मामीटर लगाकर डाक्टर कमरे को देखने लगा। उसके मुख पर घृणा के भाव उभर आए। फिर उसने नूर के माथे पर हाथ रखा और वह एकदम तेज़ आवाज़ में बोला, "बहुत गरम है, एक-दम गरम। आग की तरह जल रहा है। तुम आज सवेरे-सवेरे क्या करते रहे हो? लगता है तुमने अपने को बहुत बेचैन किया है।"

"नहीं तो, डाक्टर साहब," नूर ने सहमकर कहा।

डाक्टर पोचकनवाला ने नूर के उत्तर की प्रतीक्षा किए बिना ही स्टेथस्कोप निकाल लिया था और उसे नूर की छाती पर रख

दिया था।

"हुं..." डाक्टर ने जैसे अपने-आपसे कहा। फिर उसने निचला होंठ सिकोड़कर और भौंहों में बल डालकर नूर को देखा और क्षण-भर के बाद ही आंखें दूसरी तरफ घुमाकर फिर अपने-आपसे ही कहा, "यह फेफड़ा..." क्षण-भर रुककर उसने तनिक परेशानी के साथ पूछा, "क्या आज भी खून की कै हुई है?"

"नहीं," नूर ने बेध्यानी से उत्तर दिया, किंतु तुरन्त ही उसने अपनी भूल सुधारते हुए कहा, "हां, जी हां, हुई थी।"

डाक्टर ने प्रश्नसूचक दृष्टि से अपने चारों ओर देखा और फिर कुछ क्षणों तक नूर के चेहरे की लाली पर विचार करता रहा।

"अभी कुछ दवा बाकी है शायद—है ना?" डाक्टर ने पूछा, और फिर स्वयं मेज़ तक जाकर देखा कि दवा बची हुई है या नहीं।

इतनी देर में चौधरी भी ऊपर से उतरकर कमरे में आ गया था। उसका चेहरा भारी, गम्भीर और चिन्तायुक्त था। उसने पूछा, "डाक्टर साहब! क्या हाल है इसका?"

"मुझे डर है कि नूर अपने को उत्तेजित करता रहा है," कैप्टेन पोचकनवाला ने स्टेथस्कोप एक तरफ रखते हुए कहा। "इसे मुकम्मल आराम करना चाहिए। उस शीशी में जो दवा बची हुई है वह कई रोज़ के लिए काफी होगी..." इतना कहकर डाक्टर ने घड़ी जेब में से निकाली, समय देखा, और चौधरी को अपने साथ आने का संकेत करते हुए द्वार की ओर बढ़ गया।

नूर यह तय नहीं कर सका कि डाक्टर ने चौधरी को साथ आने के लिए इस तरह क्यों संकेत दिया है। वह चौधरी को अलग ले

जाकर यह बताना चाहता है कि नूर का अन्त निकट आ गया है, या केवल अपनी फीस लेने के लिए उसे अपने साथ ले गया है? जिस ढंग से डाक्टर ने फीस लेने के लिए हाथ बढ़ाया, उससे प्रकट हो रहा था कि वह अपनी फीस मांगने की हृदयहीनता पर आज स्वयं परेशान है। साथ ही नूर ने देखा कि दस रुपये का नोट जेब में डालते हुए डाक्टर ने चौधरी से चुपके से कुछ बात की।

"डाक्टर साहब! तो आप शाम को फिर आएंगे ना?" चौधरी ने पूछा। डाक्टर साहब उस समय ज़ीने की नीची चौखट से बचने के लिए अपना हैट ठीक कर रहे थे।

डाक्टर पोचकनवाला ने जैसे चौधरी का प्रश्न सुना ही नहीं। और नाक सिकोड़कर तथा आंखें फैलाकर डाक्टर साहब अंधेरे ज़ीने से धीरे-धीरे नीचे उतर गए।

"डागदर क्या कह गया है?" नूर ने दादी की आवाज़ सुनी। वह ऊपर के ज़ीने से उतरकर कमरे के द्वार पर आ खड़ी हुई थी।

चौधरी ने जैसे मां की बात सुनी-अनसुनी करते हुए अनमने भाव से उत्तर दिया, "कोई खास बात नहीं।" फिर वह नूर की ओर मुड़ा और अत्यन्त कटु व्यग्य के साथ बोला, "जन्टरमैन[1]! तुम आज क्या करते रहे हो?"

नूर जैसे अपने-आपसे बात करते हुए बड़बड़ाया, "यह डाक्टर तो सिर्फ इस बात का रौब गांठता है कि वह आई० एम० एस०[2]

1. जेण्टिलमैन (Jentleman)

2. इण्डियन मेडिकल सर्विस

में रह चुका है। लेकिन सच बात यह है कि लड़ाई के दिनों में थोड़ दिनों के लिए ही उसे अस्थायी कमीशन मिला था। सिवाय कुनीन और टिंक्चर-आयोडीन के इसे और किसी दवा का नाम तक नहीं आता।"

चौधरी नूर की बात सुनकर आग-बगूला हो उठा और गरजकर बोला, "तूने कौन-सा तीर मार दिया जो बड़ों पर एतराज़ कर रहा है? तूने मेरी खून-पसीने की कमाई के हज़ारों रुपये बिगाड़ दिए और इतनी-सी भी नौकरी न पा सका कि अपना और अपनी बीवी और बच्चे का पेट पाल सकता। तुझे तो शर्म से मर जाना चाहिए ताकि इतने दिनों से मेरे ऊपर तूने जो बोझ डाल रखा है वह तो हट जाए। कुत्ते कहीं के! न जाने तू कब मरेगा! तू अपनी इस बेचारी बूढ़ी दादी को कब तक सताता रहेगा! तूने शहर-भर में मेरी बेइज़्ज़ती करा दी और मेरे खानदान को बट्टा लगा दिया। मरकर जहन्नुम का रास्ता ले ताकि किस्सा खत्म हो..."

बुढ़िया बेचारी हाथ ऊपर उठाकर चौधरी की ओर बढ़ी और गिड़गिड़ाते हुए बोली, "अरे, अरे, बेटे! यह तू क्या कह रहा है?"

चौधरी का क्रोध और भी भड़क उठा और वह और भी ज़ोर से गरजा, "जल्दी मर और हमारा पीछा छोड़। तू मरेगा तभी मुझे चैन मिलेगा।" चौधरी मारे क्रोध के कांप रहा था और उसकी आंखों से मानो अंगारे बरस रहे थे। उसने हाथ को ज़ोर से घुमाकर अपनी मां को आगे बढ़ने से रोक दिया था।

नूर जैसे अर्धमृत, अर्धजीवित अवस्था में बिस्तर पर पड़ा था। वह बाप की बातें सुनकर हक्का-बक्का रह गया—जैसे उसे काठ मार गया। वह चौधरी के क्रोध की तीव्रता को पूरी तरह समझने

में असमर्थ हो चुका था। तपेदिक ने उसकी स्नायविक शक्ति एवं अनुभव-शक्ति को समाप्त कर डाला था। उसके चारों ओर क्या हो रहा है—वह इस बात से पूरी तरह उदासीन हो चुका था। इस समय उसे केवल इतना ही पता था कि उसकी टांगें ज़ोर-ज़ोर से कांप रही हैं।

चौधरी थोड़ा नरम पड़ा और नूर की चारपाई की तरफ बढ़ते हुए बोला, "तू बोलता क्यों नहीं?"

"ओह! मुझे माफ कर दें, अब्बा! मुझे माफ कर दें!" नूर डूबी हुई आवाज़ में बड़बड़ाया। वह कांपता हुआ बाप के हाथों की पहुंच से परे हटने का प्रयास करते हुए बिस्तर में सिकुड़ गया। उसकी आंखों में त्रास भर उठा। वह भयातुर होकर फिर गिड़गिड़ाया, 'मुझे माफ कर दें!"

"मैंने तुम्हारे लिए जो कुछ किया, क्या यही उसका नतीजा है?" चौधरी बोला। वह कभी नूर के माथे पर नर्मी से हाथ फेरता और कभी पुनः क्रोध से तड़प उठता।

क्षण-भर के लिए कमरे में पूर्ण निस्तब्धता छा गई। फिर बुढ़िया ने झुर्रियों से भरी हुई अंगुलियों से कांपते-कांपते, अपने बेटे को सहलाना शुरू किया और उसे शान्त करने के लिए बोली, "बेटे! ज़रा शांति करो, धीरज से काम लो, गुस्सा मत करो; देखो, ज़रा खयाल करो, यह बेचारा बीमार है..."

चौधरी का क्रोध फिर भड़क उठा और वह बेचैन होकर फिर चीखने लगा, "मैंने इसे पढ़ाने के लिए कितना रुपया खर्च किया! उस सारे खर्च का बताओ मुझे क्या फल मिला? सिवाय मेरी इज़्ज़त बिगाड़ने के बताओ इसने और क्या किया है? इसे इस दुनिया में

लाने का, इसकी परवरिश करने का और इसे पढ़ाने-लिखाने का क्या यही इनाम मुझे मिलना चाहिए था? खुदा मुझे ही मौत दे दे तो मैं सारी मुसीबतों से छट जाऊं!"

चौधरी खड़ा-खड़ा चीख रहा था कि सहसा उसने देखा कि नूर का चेहरा भय के मारे सफेद पड़ गया है और उसकी गर्दन एक तरफ को झुक गई है। बेटे की यह हालत देखकर चौधरी के मन में सहसा आत्मग्लानि का भाव पैदा हुआ। वह मन ही मन अपने ऊपर झल्ला उठा। उसके मन में आया कि वह बेटे को अपने हाथों में उठा ले। किन्तु चौधरी ने सोचा कि यदि मैं बेटे की तरफ और बढ़ूंगा तो वह और भी परे हट जाएगा और इस तरह मेरी बड़ी बेइज़्ज़ती होगी। नूर जब बच्चा था तब भी चौधरी कभी उसे हाथों में न उठाता था। अब तो चौधरी का शरीर और हृदय, दोनों पत्थर की तरह कठोर हो चुके थे। इसलिए अब वह कैसे झुकता और बेटे के शरीर को कैसे हाथ लगाता, और अपने हदय का संताप उसके सामने कैसे प्रकट करता? चौधरी ने एक लम्बी सांस ली, मां के हाथों से अपने को छुड़ाया और यह कहता हुआ ज़ीने के नीचे उतर गया, "मां, इसे कुछ खाने को दो—चूज़े का शोरबा दे दो..."

"ज़रा ठहरो, बेटे! ज़रा रुको तो," बुढ़िया लड़खड़ाते पांवों से चौधरी की ओर बढ़ती हुई बोली, "तुमने भी तो अभी कुछ नहीं खाया है। कुछ खाकर दुकान पर जाना...'

किन्तु तब तक चौधरी अपने भारी कदमों से ज़ीने को रौंदता हुआ नीचे उतर चुका था। मां की गिड़गिड़ाहट उसके कानों तक पहुंच ही न सकी।

बुढ़िया रुआंसी होकर बड़बड़ाने लगी, "हाय! मैं क्या करूं?

उसने रोटी का एक टुकड़ा भी मुंह में नहीं डाला है। सवेरे मुंह अंधेरे ही खाली पेट दुकान पर चला गया था, अब फिर बिना कुछ खाए-पीए चला गया। मेरे अल्लाह! मैं क्या करूं?" वह ज़ीने के द्वार के निकट खड़ी थी और उसका मन दुविधा में था कि बेटे के पीछे जाए या नूर की तरफ लौट आए। कुछ देर की दुविधा के बाद, अंत में, वह नूर की ओर लौट आई। नूर का चेहरा सफेद पड़ गया था और वह बिलकुल चुपचाप बिस्तर में दुबका पड़ा था। बेचारी बुढ़िया हाथ फैलाकर और गिड़गिड़ाकर बोली, "उसकी बातों का खयाल न करना, बच्चे! वह तुम्हारी तरफ से परेशान है और हर वक्त की फिक्र की वजह से चिड़चिड़ा हो गया है। इसीलिए वह एकदम आपे से बाहर हो जाता है। मैं जानती हूं, वह तुम्हें दिल से प्यार करता है और इस वक्त वह बुरी तरह पछता रहा होगा। हाय! उसे इस वक्त भूख भी तो लग रही होगी! खैर, कोई बात नहीं। मैं तुम्हारे लिए शोरबा लाती हूं। फिर उसका खाना लेकर दुकान पर चली जाऊगी..."

बूढ़ी दादी लड़खड़ाती हुई कमरे के बाहर निकलकर ज़ीने से ऊपर की मंज़िल पर चढ़ गई।

नूर पत्थर बना हुआ चुपचाप पड़ा था और धुंधलाई हुई आंखों से बाहर फैली हुई चमकदार धूप को देख रहा था। उसका मस्तिष्क मानों जड़ हो चुका था। उसकी जिह्वा सूखी हुई थी और गला भी खुश्क हो रहा था। उसका चेहरा, जो डाक्टर के आगमन के बाद कई बार रंग बदल चुका था, इस समय बिलकुल पीला हो रहा था जैसे उसपर किसीने पीली मिट्टी पोत दी हो। उसका सिर बुरी तरह चकरा रहा था। वह सिर को कभी इधर पटकता था, कभी उधर—

जैसे उसे हिला-हिलाकर उसे सोचने-विचारने के लिए प्रेरित कर रहा हो...किन्तु उसकी आंख केवल शून्य में घूर रही थीं-भरे हुए कमरे में उसे कुछ भी दिखाई नहीं दे रहा था...।

फिर थोड़ी देर के बाद उसे ऐसा महसूस हुआ जैसे उसके पेट में से एक गोला-सा उठकर उसकी छाती में अड़ गया हो। यह बोझ-सा उसकी पसलियों को दबाने लगा। नूर को सांस लेने में कठिनाई अनुभव होने लगी। उसने करवट बदली। फिर उसने अंगड़ाई ली और एक लम्बी आह खींची—मानो अपने प्राणों की एक-एक कोमल कोशिका को बुला रहा हो कि वे आएं और उसके बाप के कठोर शब्दों ने उसके अन्तर् में जो नया और भयंकर घाव बना दिया है उसे देखें। उसी समय उसे महसूस हुआ कि उसकी टांगों में कमज़ोरी बढ़ती जा रही है, जैसे वे निष्प्राण होते जा रहे हों। उसे लगा कि वह शायद बेहोश होने को है। कुछ ही क्षणों के बाद उसे यूं लगने लगा जैसे उसके अंग उसके धड़ से टूट-टूटकर अलग होते जा रहे हैं। उसे अपना धड़ पत्थर की भांति जड़ और भारी लगने लगा। उसे महसूस हुआ जैसे वह टूट रहा है, टूटकर बिखर रहा है। धीरे-धीरे उसकी सोचने की शक्ति कम होती गई, उसका मस्तिष्क जैसे सुन्न हो गया...

किन्तु इस चेतनाहीन मस्तिष्क में भी बाप की निर्दयता और हृदयहीनता की कड़वाहट शेष थी...

यही आदमी उसे संसार में लाने के लिए ज़िम्मेदार था। यही आदमी उसे, जब वह नन्हा-सा बच्चा था, कितना प्यार करता था! शैशव में उसकी आंखें काली और रंग गोरा था। उसकी चपलताओं और शरारतों को देखकर इस व्यक्ति का दिल खिल उठता था और

इसकी प्रसन्नता का कोई ठिकाना न रहता था। वह उसकी अंगुली पकड़कर उसे बड़े स्नेह से चलना सिखाया करता था...आज ये सब बातें कितनी अजीब लगती हैं! क्या सचमुच उसे कभी बाप का इतना लाड़-प्यार मिला था? बचपन की जो सबसे पहली स्मृति उसके मस्तिष्क में सुरक्षित थी वह यह थी कि चौधरी उसे अपने हाथों से हवा में उछाल रहा है और हंस रहा है और हर बार जब वह हवा में से गिरकर उसके हाथों में आता है, तो चौधरी उसे प्यार के साथ चूम लेता है और इतना चूमता है कि उसका दम घुटने लगता है...उसके बाद, किसी-किसी अवसर को छोड़कर, नूर ने बाप के गाल, भारी और कठोर चेहरे को सदा गम्भीर मुद्रा में ही देखा...फिर भी वह बाप के लम्बे-तगड़े और शानदार शरीर और चेहरे को देखकर सदा गर्व का अनुभव किया करता। किन्तु वह बाप से बहुत डरने लगा था। धीरे-धीरे वह बाप से इतना भयभीत रहने लगा कि आंखें उठाकर उसे देखने की भी हिम्मत न रही... साथ ही यह बात भी सही है कि बाप की उपस्थिति का उसपर चुम्बक जैसा प्रभाव होता था। उसके मन में इन दोनों प्रतिक्रियाओं में टक्कर होती रहती थी और इस टकराव के कारण मन में कई बार बड़ी उलझन पैदा हो जाती थी। जब भी उसे बाप से कोई बात कहनी होती, तो वह झिझकता, लड़खड़ाता हुआ बाप के सामने जाता, शब्द उसके गले में अटक जाते, और उसके माथे से पसीना चू पड़ता...बाप उससे बात करते समय सदा तनकर खड़ा होता। नूर को ऐसा लगता जैसे स्वयं उसके मुकाबले में उसका बाप किसी देव के समान है और उसके सामने वह स्वयं एक पिद्दी के बराबर है...दोनों के बीच में यह अन्तर आखिर क्यों आया?...क्या इसका

कारण यही था कि मेरी अम्मी इस दुनिया में नहीं रही थी? यदि यही कारण था तो इसमें मेरा भला क्या दोष था? या मेरे कारण इन्हें कष्ट उठाने पड़े और चिन्तित रहना पड़ा, इसलिए ये मेरे विरुद्ध हो गए? यदि मैं नौकरी प्राप्त करने में असफल रहा, तो क्या इसमें मेरा दोष था? लेकिन मैं पूछता हूं कि इन्होंने मुझे पढ़ाया ही क्यों? और एम० ए० कराके क्यों मेरी मिट्टी खराब की? क्यों मुझे खाक में मिलाया? एक बाप अपने बच्चे को शिक्षा पर जो रुपया खर्च करता है, उसका वह प्रतिफल क्यों चाहता है? बाप ने मुझसे किसी बात की प्रत्याशा क्यों रखी? "तुमने अपने मज़े के लिए मुझे पैदा किया...सुन रहे हो? अपने मज़े के लिए ही...क्या मुझे पैदा करने से पहले तुमने मुझसे पूछा था? अगर तुम्हें मुझसे घृणा ही करनी थी तो मुझे पैदा ही क्यों किया था? बतलाओ...बोलो...मैं तो पैदा होना नहीं चाहता था..."

उसे लगा जैसे उसकी आत्मा में विद्रोह की ज्वाला भड़क रही है, उसके अन्दर एक बवंडर उठ रहा है। वह आवेश से बिस्तर में लोटने लगा, तड़पने लगा। उसके साथ बाप ने, समाज ने, संसार ने जो अन्याय किया था वह सब उसकी आंखों के सामने घूम गया और उसकी आंखों से आंसू बह निकले।

"ओ मेरे अल्लाह! क्यों...अगर उसने मेरे साथ इतना बुरा सुलूक करना था, मेरे साथ इतनी कठोरता बरतनी थी, तो उसने मुझे पैदा ही क्यों किया?...उसने मुझे पढ़ाया ही क्यों? क्यों नहीं उसने मुझे दुकान पर बिठाया? मैं भी हलवाई का धन्धा कर लेता और खुश रहता। क्यों? आखिर क्यों?...उसने क्यों एम० ए० पास करने पर ज़ोर दिया? अगर एम० ए० होने के कारण ही उसने मुझपर बाद में

लानत भेजनी थी, तो मुझ एम० ए० तक पढ़ाया ही क्यों? ओह! क्यों उसने मुझे खाक में मिलाया?..."

नूर ये शब्द कहते-कहते चीख उठा था। किन्तु किसीने भी उसकी फरियाद नहीं सुनी। सुनता भी कौन? उसने सोचा कि हवा के सामने अपना दुखड़ा रोने से क्या फायदा? इसलिए उसने अपनी आहों को दबा दिया और आंसू भरी हुई आंखों से छत की ओर ताकता हुआ शान्त मन से बाप के अन्याय और उसकी कठोरता, निर्दयता और क्रूरता के सम्बन्ध में सोचने लगा।

"आखिर यह सब किसका दोष है? उसने मुझे इतनी ऊंची तालीम इसलिए नहीं दी कि मैं कुछ सीख जाऊं, बल्कि इसलिए दी कि समाज में उसका अपना दर्जा ऊंचा हो जाए। वह मुझे एम० ए० कराके अपना ही झंडा ऊंचा करना चाहता था। मैं अगर अफसर नहीं बन सका तो इसमें मेरा क्या कसूर है? क्या मेरी असफलता का कारण यह नहीं कि मैं एक मामूली हलवाई का बेटा हूं और इसीलिए मेरे हाथ में बड़ी-बड़ी सिफारिशें नहीं हैं? क्या मैंने पढ़ाई में सख्त मेहनत नहीं की? क्या मैं हमेशा क्लास में फर्स्ट नहीं आया? उसे पढ़ाई का या किताबों का क्या पता? उसे क्या पता कि पढ़ाई में—खास तौर पर अच्छे नम्बर हासिल करने में—कितना पित्ता मारना पड़ता है, कितना लहू सुखाना पड़ता है? मैं हमेशा फर्स्ट डिवीज़न में पास हुआ। वह खुद दुनिया में आगे नहीं बढ़ सका, और मुझसे इसलिए घृणा करने लगा कि मैं, उसका बेटा, उसका सपना पूरा न कर सका, उसकी शान न बढ़ा सका। अगर मुझे अफसरी मिल जाती तो वह अल्लाह के बन्दों पर अपने बड़प्पन की धाक जमाता, उनपर रौब गांठता कि देखो मेरी पूंजी कैसी सफल रही। मैं अफसर न बन

सका इसलिए वह अपने समाज के और बिरादरी के लोगों पर रौब न गांठ सका और इसी दुःख और निराशा के कारण वह मुझसे चिढ़ गया और मुझसे घृणा करने लगा। जैसे मैंने उसकी एक बहुत बड़ी खुशी को छीन लिया हो! और अपना क्रोध उतारने के लिए वह मुझे पीटने पर उतर आया...”

उसकी आंखों से झर-झर आंसू बहने लगे और सुबकियों ने उसके शरीर को हिला डाला। “इसने दुकान के धुएं और गंदगी में ही दिन गुज़ारे हैं। दो-दो टके के गाहकों की खुशामद करते-करते इसका दिमाग चिड़चिड़ा हो गया है। अक्खड़, गंवार और कड़वे मिज़ाज का तो वह शुरू से ही है...”

अब नूर बैठकर जैसे अपने से ही कहने लगा, “जिस तरह का सुलूक उसने मेरे साथ किया, वह जानवरों जैसा था—गंदा और कठोर। मुझे जानवर की तरह बांधकर रखा, मुझे ज़रा-सी भी आज़ादी न दी...‘तू सात बजे के बाद घर से बाहर नहीं रह सकता’...‘तू इस आदमी से बात नहीं कर सकता, उससे नहीं मिल सकता’...मुझे उसके दोस्तों की—अनपढ़, उजड्ड, गंवार और बदतमीज़ दोस्तों की—इज़्ज़त करनी पड़ती थी क्योंकि वे उसके जिगरी दोस्त थे और रोज़ाना पांच वक्त नमाज़ अदा करते थे। इनमें से कई आदमी कितने लुच्चे और बदमाश थे! वे मुझे बुलाकर गोद में बैठने के लिए कहते और मुझे चूमने की सदा कोशिश करते रहते। और मैं उनकी शिकायत भी न कर सकता था। एक बार मैंने ऐसे ही एक बुज़ुर्ग की शिकायत करनी चाही, लेकिन मुझसे पहले ही उसने मेरे बाप से शिकायत कर दी कि नूर आजकल नमाज़ अदा करने मस्जिद में नहीं आता। इसपर बाप ने मेरी हड्डी-पसली

एक कर डाली। उसके बाद ये बुज़ुर्ग लोग मेरे साथ कुछ भी हरकत करते, मगर मैं उनकी शिकायत करने की हिम्मत न करता। मेरे बाप को इस बात का क्या अधिकार था कि वह मेरे दिल में इतना डर बिठा दे कि मैं ज़बान भी न खोल सकूं?...इस डर के कारण ही तो मैं उससे कोई बात न कर पाता था। मैं उसे कैसे बताता कि डार्विन कौन था और वह यह क्यों कहता था कि खुदा नाम की कोई चीज़ नहीं है।"

नूर पर तन्द्रा-सी छा गई, किन्तु थोड़ी देर के बाद फिर उसकी चेतना लौट आई और वह फिर विलाप-सा करने लगा, "ओ खुदा! ओ मेरे खुदा...आ मेरी अम्मी! मुझे अपने पास बुला लो...मैं जल रहा हूं, मैं टूट गया हूं...आओ, ऐ मौत के फरिश्ते! मुझे अपनी गोद में ले लो...इन लोगों ने मुझे बर्बाद कर दिया है, मुझे कुचल डाला है, मुझे बीमार करके किसी काम का नहीं छोड़ा, मुझे—ऐ मेरी अम्मी! तुम्हारे लाडले बेटे को—मार डाला है। और इस नरक-कुण्ड में कोई भी मुझे प्यार नहीं करता। अम्मी! तुम्हारे मरने के बाद मैं यतीम हो गया, मेरा इस दुनिया में कोई न रहा, घर में किसीने मेरी परवाह न की। आह! अगर तुमने मुझे छोड़ जाना था तो मुझे पैदा ही क्यों किया था? ओह! अगर तुमने मेरी सूरत से ही नफरत करनी थी तो वह मुझे दुनिया में लाया ही क्यों? क्यों? क्यों उसने ऐसा किया?"

नूर की घिग्घी बंध गई। उसका गला रुंध गया। सिसकियों और आहों से उसका सांस घुटने लगा। उसे लगा कि स्वयं अपनी आवाज़ सुनने के लिए उसे चिल्लाना पड़ेगा। किंतु वह नहीं चाहता था कि उसके रोने-चीखने की आवाज़ ऊपर की मंज़िल में बैठी हुई औरतों

तक पहुंच जाए। इस समय यदि कोई उसके सामने आ जाएगा तो उसे बड़ी शर्म महसूस होगी। फिर भी भावनाओं का जो तूफान उसने अपने अन्दर उठा लिया था, उसे वश में करना अब उसके के लिए कठिन हो रहा था। क्रोध, रोष, शोक, जीवन की सैकड़ों इच्छाओं के अपूर्ण रहने की टीस—ये सब उसके मन को मसोस रहे थे, उसके रोम-रोम को साल रहे थे।

उसने बेचैनी से करवट ली; और सहसा उसका सारा शरीर सुन्न हो गया। उसे लगा जैसे किसीने उसके दिल पर एक भयंकर आघात किया हो।

कुछ क्षणों के लिए उसपर दौरा-सा पड़ा और वह लोट-पोट हो गया। उसके सिर में जैसे भयंकर आग भड़क उठी और उसकी कनपटियों पर हथौड़े-से पड़ने लगे। उसकी आंखों से दुःख और आक्रोश और ग्लानि के गरम-गरम आंसुओं की धारा बह निकली। उसपर बेहोशी छाने लगी और दांत भिंच गए।

सहसा उसके गले में थूक की एक बाढ़-सी आई। बड़ा ज़ोर लगाकर, चिलमची में थूकने के लिए, उसने मुंह को नीचे की ओर झुकाया। थूक के साथ ख़ून भी मिला हुआ था। इस बात का निश्चय करने के लिए कि यह खून ही है, उसने चिलमची पर आखें गड़ा दीं। उसे चिलमची के किनारे पर खून की बूंदे जमी हुई दिखाई दीं। अब उसे विश्वास हो गया—उसका डर सही था... वह जैसे हवा में लटक गया...उसे साक्षात् मृत्यु अपने सामने खड़ी हुई दिखाई दी...

"हाय अम्मी!" उसके मुंह से चीख निकली और उसने बिस्तर की चादर को ज़ोर से अपनी मुट्ठी में भींच लिया। उसके दिमाग

पर मूर्च्छा और आंखों में अंधेरा छाने लगा। उसे लगा कि उसका दिमाग एक निःशब्द शून्यता, एक अंधेरे गड्ढे में धंसता जा रहा है। उसने दादी को आवाज़ देने के लिए मुंह खोला। किन्तु उसे महसूस हुआ कि उसके स्नायु ढीले पड़ते जा रहे हैं। फिर उसे महसूस हुआ कि उसके शरीर की पीड़ा सहसा कम होने लगी है। शरीर में प्रवेश करती हुई मृत्यु उसके अंगों को दबाकर पीड़ा को बाहर निकाल रही थी...

"नूर, बच्चे, ले उठ और यह शोरबा पी ले," दादी ने चारपाई की ओर बढ़ते हुए कहा, "अरे नूर...

दादी ने देखा कि नूर का चेहरा अजीब-सा दिखाई दे रहा है।

दादी के पांव फर्श में गड़ गए। फिर भारी कदमों में गिरतीपड़ती वह बड़ी कठिनाई से चारपाई तक पहुंची और कांपते हुए हाथों से नूर को हिलाने लगी। साथ ही वह उसे पुकारती जा रही थी, "नूर, अरे ओ नूर, उठ मेरे बच्चे..."

दादी ने उसके मुंह को हिलाया तो वह एक तरफ को लुढ़क गया...

"हाय, हाय,!" दादी ने चीख मारी और ज़ोर-ज़ोर से रोने लगी, "हाय, हाय! हाय, हाय!" और वह अपनी छाती पर अपने माथे पर, अपने मुंह पर दोहत्थड़ मारने लगी। उसने अपने बाल नोच डाले और लाश के गले पर गिरकर विलाप करने लगी।

ऊपर की मंज़िल पर बैठी हुई औरतों ने दादी का रुदन सुना तो वे चीख-पुकार करती हुई जल्दी-जल्दी नीचे उतरीं और कमरे में

आकर ज़ोर-ज़ोर से रोने लगीं और छाती पीटने लगीं और जांघों और माथों पर दुहत्थड़ मारने लगीं, और अपने बाल नोचने लगीं, और चीख-चीखकर विलाप करने लगीं, "हाय, हाय! हाय, हाय! हाय, हाय!"

पड़ौस की औरतें भी दौड़ती हुई आईं और कमरे में घुसकर उन्होंने भी (दिखावटी तौर पर) छाती पीटनी शुरू कर दी और रोने-चिल्लाने लगीं, "हाय, हाय! हाय, हाय!"

रोग-शय्या के ऊपर मृत्यु की छाया पड़ रही थी।

OOO